O SEGREDO *do* BAMBU

ISMAEL CALA

O SEGREDO *do* BAMBU

UMA FÁBULA SOBRE SABEDORIA, EQUILÍBRIO E RESILIÊNCIA

Tradução de
Fal Azevedo

HarperCollins

Título original: EL SECRETO DEL BAMBÚ

PUBLISHER: Omar de Souza

EDITORA: Clarissa Melo

COORDENAÇÃO DE PRODUÇÃO : Thalita Aragão Ramalho

PRODUÇÃO EDITORIAL: Isis Batista Pinto

ESTAGIÁRIO: Bruno Leite

COPIDESQUE: Bruno Mattos e Lara Gouvêa

REVISÃO: Fatima Fadel e Maria Júlia Calsavana

DIAGRAMAÇÃO : Abreu's System

CAPA: Rafael Brum

CIP-Brasil. Catalogação na Publicação
Sindicato Nacional dos Editores De Livros, RJ

C14s
Cala, Ismael, 1969-
O segredo do bambu : uma fábula sobre sabedoria, equilíbrio e resiliência / Ismael Cala ; tradução Fal Azevedo. – 1. ed. – Rio de Janeiro : HarperCollins, 2017.
224 p.

Tradução de: El secreto del bambú
sumário
ISBN 978-85-950-8020-1

1. Ficção cubana. I. Azevedo, Fal. II. Título.

16-38797 CDD: 868.992313
CDU: 821.134.2(729.1)-3

Rua da Quitanda, 86, sala 601-A – Centro –
20091-005 Rio de Janeiro – RJ – Brasil
Tel.: (21) 3175-1030
www.harpercollins.com.br

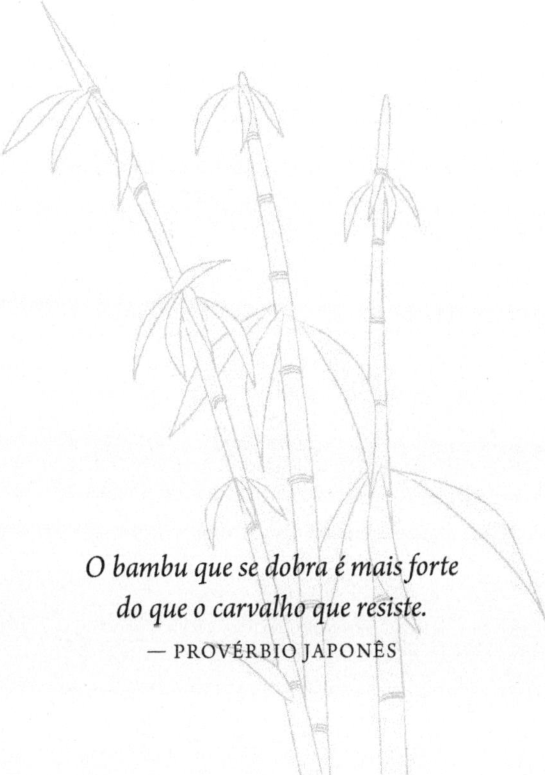

O bambu que se dobra é mais forte
do que o carvalho que resiste.

— PROVÉRBIO JAPONÊS

SUMÁRIO

CARO LEITOR:

Cerca de três anos atrás, fui convidado para dar uma palestra em Guayaquil, no Equador, para mais de mil jovens que participavam de um fórum empresarial. O convite partiu da engenheira e empresária Joyce de Ginatta. A conferência foi uma fantástica experiência de intercâmbio humano e despertou em mim a vontade de aprender e compartilhar conhecimento, vivências e experiências por meio do ensino. Lembrei-me dos quatro anos em que fui professor da Universidad de Oriente, em Santiago de Cuba, onde me formei em História da Arte. Atuei durante dois anos como professor na graduação, e por mais dois como professor associado. A verdade é que gostei muito: não há maneira melhor de aprender do que compartilhando o que sabemos e nos expondo às perguntas inesperadas dos alunos. Muitas vezes, eu não tinha as respostas que eles queriam e precisava dizer: "Hoje nós vamos seguir com o conteúdo previsto, respondo na próxima aula."

Então eu ia atrás das informações a fim de apresentá-las no encontro seguinte. Um professor que para de estudar deixa de ser professor e se torna um recitador. Foi justamente isso que redescobri graças a Joyce de Ginatta e àquele primeiro convite através do *Speakers Bureau* da CNN.

Repeti a experiência em Lima, no Peru, alguns meses depois, quando fui convidado para falar diante de jovens carentes vinculados a um projeto de inclusão social. Depois da palestra, voltei para Miami com a ideia de que atividades como conferências e oficinas de liderança resgatavam o meu propósito de ajudar presencialmente muitos jovens a encontrar ferramentas e meios para desenvolver suas paixões, incentivando assim suas vocações. Conversando com eles e tendo como base minhas experiências adultas como estudante em Toronto — onde voltei à faculdade para estudar Comunicação Social —, percebi que muitos jovens não tiveram o privilégio de descobrir sua verdadeira paixão. Lembro que, em Toronto, eu era chamado de "estudante maduro" porque tinha 29 anos e frequentava aulas com adolescentes de 17, 18 ou 19 anos, recém-saídos do ensino médio ou ainda nos primeiros anos de faculdade.

Com tudo isso em mente, retornei a Miami e, durante uma conversa com meu inseparável amigo Bruno Torres — hoje CEO da Cala Enterprises —, eu disse: "As palestras têm sido reconfortantes. Chego a me sentir mais útil com elas do que quando falo na televisão. É algo que preenche meu coração e, pelo retorno que recebi, sei que ajudo muito esses jovens."

Naquela época, Bruno trabalhava em uma agência de seguros, mas não sentia paixão por seu trabalho. Para ele, era apenas um emprego, e não a carreira emocionante que desejava construir. Então, em um momento de clarividência divina, atrevi-me a dizer: "Largue esse trabalho que você não gosta e vamos montar uma empresa de desenvolvimento de conteúdo para conferências, seminários, livros e outras atividades."

Eu não tinha certeza de que ele aceitaria minha proposta. Bruno pensou a respeito, mas não por muito tempo. Propus um teste de seis meses, durante os quais eu bancaria seu salário até que tivéssemos certeza de sermos capazes de levar o projeto adiante. Sempre sonhei em ter meu próprio negócio sem deixar, é claro, o meu trabalho na mídia.

Ao longo do período de testes, não apenas Bruno conseguiu cobrir seu salário como a Cala Enterprises começou a dar lucro. Hoje a empresa conta com uma equipe de 12 pessoas.

Já oferecemos palestras em 15 países e trabalhamos com personalidades importantes, como Deepak Chopra, John C. Maxwell, Chris Gardner, Camilo Cruz, entre outros.

Confrontado com minha visão — por vezes rígida — do caminho, nesses estágios iniciais, Bruno dizia: "Ismael, relaxe. Você precisa ser como o bambu: flexível."

Levei certo tempo para aprender a escutá-lo. Talvez tenha ficado incomodado com a reprimenda por minha falta de flexibilidade, mas com o tempo permiti que essa frase se acomodasse em minha mente como uma lição de vida. E um belo dia eu pensei: "Vou pesquisar mais sobre o bambu." Perguntei para Bruno a origem da frase, e ele me disse que não sabia ao certo. "Deve ser do repertório de provérbios especiais e divertidos de minha avó Elsia", comentou. Achei bastante possível, pois conheço Elsia muito bem. É uma daquelas senhoras iluminadas que sempre dizem coisas bem humoradas e profundamente sábias. Seu rosto, no qual é possível ver um mapa de experiências, demonstra a força que vem com os anos. Se é isso mesmo, Elsia, obrigado por semear em nossas mentes o segredo do bambu.

Como sempre, quero deixar claro que este trabalho não tem qualquer pretensão literária além de ser um veículo eficaz para refletirmos sobre os nossos verdadeiros valores como seres humanos, nossa missão de vida e nossa consciência. Batizei esse tipo de literatura de "leitura com propósito". E sim, ainda que todos os escritos tenham um propósito que transcende as premissas da linguagem e do entretenimento, meu foco nesta obra é uma mensagem de transformação. Meu propósito é seduzir muitos jovens por meio da leitura nestes tempos de dependência cibernética, quando se encontram à mercê do imediatismo das redes sociais e dos 140 caracteres.

Este é um livro pensado para ser um material de consulta em sua mesa de cabeceira. Cuidamos para que cada pensamento gerasse um novo questionamento. É preferível viver uma vida cheia de perguntas a se afundar em respostas autocriadas. Ao ler este livro, o melhor a fazer é deixar as coisas fluírem e permitir que as perguntas venham, já que muitas vezes elas são a razão de nossa ansiedade com o futuro. E vivemos em um tempo que arrebata o sabor do agora, do futuro que está para chegar.

Sente-se, acomode-se e relaxe. Busque um momento em que a leitura lhe permita voar, transcender a barreira do espaço-tempo e ingressar na dimensão maravilhosa do ser. "Ler faz sonhar", dizia um grande cartaz que li na Feira Internacional do Livro de Guadalajara de 2013. Sempre carrego essa frase comigo. "Ler faz sonhar", e o melhor caminho na vida é aquele que nos permite manejar sonhos a cada passo. Manejar sonhos que gerem bem-estar para os outros, e não apenas para nós mesmos.

Com carinho,

Ismael Cala

INTRODUÇÃO

SER COMO O BAMBU

ANTES DE EMBARCARMOS NESTA fábula, nesta ficção com base na realidade, convido o leitor a adentrar o mundo de leituras e pesquisas sobre a mística e as analogias em torno do bambu. O objetivo é que possamos mergulhar nesse mundo maravilhoso até conseguirmos, como dizem os pintores zen, transformarmo-nos em bambu. É um processo que deixa em suspenso nossa consciência intelectual egocêntrica para explorar em profundidade o uso de nossos sentidos como instrumentos de orientação. Ter consciência sensorial significa desenvolver uma empatia por objetos externos a nós, tentar observá-los, vivê-los e senti-los até atingirmos a sensação de fazermos parte de um todo. Na cultura asiática, treina-se para aprender a pintar o bambu. É uma questão de se transformar em bambu não apenas pensando e observando, mas sentindo suas propriedades, qualidades e movimentos. Isso acontece quando a nossa consciência se identifica com a consciência que repousa além de nossas mentes. Lembre-se de que a bússola da mente é o ego, um personagem que não queremos aniquilar, mas estudar, a fim de torná-lo uma testemunha (e não o protagonista) de nossas vidas. Neste trabalho, o bambu se torna um símbolo de vida, observação, contemplação, serviço, utilidade, coesão, liderança e comunidade.

O bambu é uma das plantas mais veneradas do planeta. Pertence à família das gramíneas e tem o nome científico de *Bambusa arundinacea*. Distingue-se pela haste longa e arredondada. À exceção da Europa, cresce de modo natural em todos os continentes. Existem mais de 1300 espécies de bambu, e grande parte delas leva anos para florescer. Todos os bambus brotam com seu diâmetro definitivo e vão ganhando altura ao longo de três meses. Geralmente, crescem de modo desenfreado e formam verdadeiros bosques.

O solo ideal para o bambu é aquele que drena e, ao mesmo tempo, dispõe da capacidade de reter partículas de matéria orgânica que sirvam como fertilizante para a planta. Antigas lendas da Ásia contam que, em festas e cerimônias religiosas, era comum estourar bambu no fogo para espantar os maus espíritos. Pedaços da planta eram colocados em uma fogueira, e o ar preso dentro de seus nós se expandia devido ao calor. Quando as fibras das plantas não suportavam mais a pressão do ar, explodiam. Ao estourarem, conta-se que emitiam o seguinte som: bammmbuuuu!

A existência do bambu é uma bênção para os seres humanos. Ele simboliza a grandeza do nada, porque desenvolve seu tronco em torno do vazio. Esse vazio, segundo o pensamento oriental, contém seu inesgotável caráter espiritual. É ali que o bambu guarda seu grande segredo!

O bambu é muito popular na Ásia e está presente no misticismo do Japão e de outras culturas orientais. Soube conquistar seu espaço na consciência coletiva da humanidade, porque se colocou a serviço das pessoas através de suas diversas utilidades: o bambu serve para construir casas, móveis, flautas, canos de água, gamelas... Serve também para fazer papel e para o preparo de receitas culinárias.

E isso não é tudo. Não é difícil se apaixonar pelo bambu, devido à sua exuberância. Um bambuzal é como uma maravilhosa cortina de cordas dançantes que desafia os ventos e marés de energia ao seu redor. Muitas espécies de bambu têm raízes interligadas e criam extensas colônias sob a terra, capazes de envolver e até mesmo erguer a fundação de uma casa. A raiz do bambu cresce em solidariedade. De fato, em algumas religiões, dentre as quais o budismo, o bambu é considerado uma companhia ou um amigo. É um guerreiro que sobreviveu ao tempo, que sussurra para o vento e se agarra bem às entranhas da terra. Vive de olho no céu, mas com os pés firmes no chão.

Durante nossa pesquisa sobre o bambu, descobrimos muitas de suas propriedades. Exploraremos algumas delas na história que contaremos a seguir: a jornada de Huáscar e sua viagem em busca da paz e da harmonia em Mapai. Como prelúdio para a história, sendo pragmáticos em relação à liderança pessoal, podemos aprender bastante com o bambu. Ele é durável e muito difícil de exterminar; na verdade, algumas de suas espécies são daninhas ou se reproduzem com facilidade, inclusive em lugares onde não são bem-vindas. Quando suas raízes se solidificam, o tronco cresce muito depressa, e há quem afirme que é mais forte que o aço; contudo, apresenta uma flexibilidade impressionante. Não é uma árvore, mas tem a força que muitas desejariam ter para enfrentar as adversidades climáticas. O vento e a chuva derrubam cedros, pinheiros e ceibas, mas só fazem o bambu dançar, dobrando-se e cedendo, sem jamais ser arrancado do chão.

Como já mencionei, o bambu é oco — algo muito curioso para uma planta do tamanho de uma árvore. Isso contribui para a mística em torno dele. Muitos pensadores atribuem seu imenso caráter espiritual a esse vazio interior. Não há matéria dentro dele. Nos bairros chineses do Ocidente, o bambu é vendido como um talismã.

Entre suas variedades mais importantes está o bambu dourado japonês, que pode se reproduzir por meio de sementes. A semente precisa de cerca de seis ou sete anos para germinar. Antes de fazer isso, vai criando uma rede de raízes profundas e poderosas. Quando sua fundação já está pronta, o broto de bambu ganha altura com uma velocidade impressionante. Depois dessa longa espera, em questão de um mês, a haste pode chegar aos três metros. Impressionante! Mais tarde, por volta dos seis ou sete anos de idade, a haste elegante e resistente seca; sua cor passa do verde para o amarelo, e o tronco se transforma em madeira. Esse processo se chama lignificação, e é nesse momento que o bambu é cortado, servindo de matéria-prima para diversos usos.

O bambu dourado japonês é uma parábola perfeita de liderança. Para chegar a dar frutos, o líder precisa antes amadurecer a partir de sua semente, criando uma base e acumulando experiências. Quando completa esse ciclo, cresce com a velocidade e a segurança do bambu dourado japonês. Sua liderança atinge as alturas.

O ciclo de vida do bambu nos mostra que cultivar uma semente é uma lição de paixão, paciência e perseverança, os meus três "p" para o sucesso apresentados no livro *Un buen hijo de p...* [*Um bom filho da p...*, em tradução livre]. Quem semeia o bambu deve ser paciente e esperar sete anos para que, na penumbra do solo, a planta crie redes de raízes solidárias e construa um emaranhado maciço, tanto horizontal quanto verticalmente. Mais tarde, contudo, vai se surpreender com os primeiros brotos e com a velocidade com que o bambu alcançará alturas de até trinta metros em apenas seis semanas. Portanto, semear uma semente de bambu é um ato de fé.

O livro *When the Bamboo Bends* [*Quando o bambu se dobra*, em tradução livre], do teólogo japonês Masao Takenaka, forneceu-me muitos conhecimentos sobre os diversos usos do bambu na Ásia, sobretudo no Japão. Takenaka menciona que, assim como o arroz, o bambu é bastante comum e apreciado em muitas partes da Ásia. Além de ser empregado na construção de casas, tubulações, utensílios de cozinha, cercas e móveis, Takenaka dá exemplos de utilizações do bambu em contextos culturais, como festivais de dança e teatro e decorações de Ano Novo. Os asiáticos desfrutam da música produzida com flautas de bambu e das danças onde as hastes são utilizadas como acessórios. O bambu também é matéria-prima para a confecção de colheres e cestas de flores, utilizadas na tradicional cerimônia do chá no Japão. Em todos esses países, os selos postais estão repletos de referências ao bambu. Takenaka ilustra seu livro com imagens de ursos pandas comendo folhas de bambu. Há um velho ditado na Ásia que diz: "Mesmo que não tenhamos carne para comer, devemos ter bambu em casa." Conforme descreve Takenaka, acredita-se que sem carne não teríamos comida, mas sem bambu perderíamos a espiritualidade.

O que os especialistas falam sobre o bambu e seus usos é tão interessante que precisei repensar a ideia de escrever um livro em primeira pessoa. Assim, tentarei uma nova abordagem: uma fábula que conte uma história baseada no bambu. Um mundo de bambu, uma comunidade que viva com, do e para o bambu, simbolizando a solidariedade, a coexistência e a plasticidade funcional. Por isso, o que você lerá a seguir é pura fantasia baseada em tendências reais. A ideia de criar essa comunidade surgiu com a leitura do livro de Takenaka, que conta como os bosques de bambu serviram de refúgio durante o desastre atômico de Hiroshima. Ele também menciona a crença de que os campos de bambu oferecem proteção durante terremotos. Takenaka nos faz viajar até o cume da colina de Otokoyama Hachiman, ao sul de Quioto, rodeada de bambuzais. Lá encontramos um monumento especial em memória de Thomas Edison que, como todos sabemos, é conhecido no mundo todo pela invenção da lâmpada incandescente com filamentos de carbono. Conta a história que, após muitas tentativas, o inventor obteve sucesso utilizando fibras de bambu. Ainda não visitei o local, e por isso agradeço a Takenaka por nos levar até lá a fim de celebrar Edison e o bambu. O monumento, construído em 1929 em razão do quinquagésimo aniversário da invenção da lâmpada elétrica, tem uma mensagem entalhada que diz: "O gênio é 1% inspiração e 99% transpiração."

Quando falamos de bambu, as surpresas não param de chegar. Depois de pesquisar durante meses sobre seus benefícios, descobri outro uso milenar que justifica ainda mais sua merecida fama. Em um fórum de negócios em Miami, em 11 de março de 2015, ao tentar despertar a curiosidade de minha plateia para este livro, que ainda estava em processo de revisão, um cavalheiro pediu a palavra durante a sessão de perguntas e respostas. Mais que uma pergunta, ele tinha um comentário suscitado pela filosofia do bambu que compartilhei com os presentes. Ele nos falou sobre o uso do bambu no polo, um esporte antiquíssimo. É evidente que sempre há muito para aprender. À medida que ele contava a história, Omar Charcousse, da equipe do Cala Enterprises, confirmava no Google que, de fato, havia algo interessante a ser dito sobre a ligação do esporte com o bambu. Foi assim que Elsa Tadeo, nossa repórter de pesquisa e conteúdo, buscou mais informações sobre o eterno casamento entre o polo e o bambu.

O polo é jogado por duas equipes de quatro jogadores cada, todos montados em cavalo. Eles tentam levar a bola até o gol da equipe adversária usando um taco (bastão). O objetivo, obviamente, é marcar gols. O taco é feito de bambu e tem uma ponta de madeira. Muitos preferem esse material por ser bastante flexível e resistente. Assim surgiu o vínculo do bambu com o esporte — um vínculo que data de tempos imemoriais.

Depois de ouvir o cavalheiro com atenção, dei a ele meu endereço de e-mail. Ele me escreveu uma mensagem curta e peculiar: "A propósito do segredo do bambu, não quis prolongar mais a minha intervenção, mas vou contar uma coisa realmente incrível que vivi. Havia um taco de polo velho e quebrado em um armário na parte externa da minha casa, do qual estranhamente brotou um bambu. Incrível, quase milagroso."

É por isso que sou fascinado por palestras e conferências, seja enquanto palestrante, participante ou espectador. Com o intercâmbio de ideias, sempre aprendemos alguma coisa nova.

Na verdade, o que mais me fisgou — e é o centro desta mensagem de introdução — foi o fato de que o mundo em que vivemos aparenta ser como o bambu: apresenta um formato externo, mas está vazio por dentro. Vivemos uma era de futilidades, onde o supérfluo determina o valor e o status de muitas pessoas em detrimento de outras. Pelo menos é isso que nos fazem acreditar. Há um imenso vazio espiritual que apenas Deus e a conexão com Ele podem preencher — essa é a maior reflexão que podemos fazer a partir deste livro, que enfatiza o simbolismo do bambu. Inclusive agora, antes de embarcarmos em uma viagem maravilhosa rumo ao futuro e à natureza de Mapai, ou Reino Bambu, no meio da Amazônia.

Muitos seres humanos vivem em um universo morto, vazio, mundano. Pensamos estar vivos, quando na verdade estamos apegados à superficialidade de uma dimensão material empobrecida. Lamentavelmente, a ação humana se limitou a menos crescimento pessoal e mais desenvolvimento econômico. Em sua condição de elemento básico da natureza que tem sido capaz de trazer vida às nossas vidas, o bambu é essencial na comparação entre a tecnologia e a ânsia por nos desenvolvermos até mesmo às custas de nosso destino como habitantes de um lar em comum: a Terra. Como afirma Robert E. Carter no livro *Becoming Bamboo* [*Transformando-se em bambu*, em tradução livre]: "... a tecnologia será guiada e moldada pela paisagem e por paradigmas que prevalecerem no mundo. Precisamos adotar uma perspectiva humanista e consciente do meio ambiente se quisermos melhorar nossa qualidade de vida, ou mesmo sobreviver".[1]

Neste livro, pretendo voltar as atenções para o mundo que nos rodeia, para as grandes metrópoles que nos deslumbram por suas comodidades, mas também nos asfixiam com suas regras e oportunidades pungentes. Antigamente, as empresas tinham um Departamento Pessoal. Hoje, somos todos "recursos humanos", vistos como mais um material a ser usado e abusado. Toda fábula tem uma moral. Embora eu não pretenda dizer a você qual é de forma explícita, quero que sua mente se concentre no que é essencial em sua vida. Suas oportunidades estão onde estiverem suas prioridades. Este é um material de consulta sobre a liberdade interior do ser humano. A mesma liberdade que, mesmo em condições extremas, ainda somos capazes de exercer quando escolhemos nossas atitudes e o curso de ação a ser tomado. A metáfora de liberdade — a determinação do bambu para crescer e conquistar as alturas após criar uma base sólida em suas raízes — é a chave para avaliarmos nossa autodeterminação para crescermos até atingir a excelência em nossas vidas.

Acreditamos ser livres, mas na verdade não somos. Desfrutamos de pequenas liberdades conquistadas, mas, de uma maneira ou outra, estamos todos presos em circuitos e acordos interpessoais de pequena ou grande escala. Aceitamos alguns desses códigos de forma consciente, mas existem outros códigos que foram implantados em nossos discos rígidos muito tempo atrás sem que percebêssemos. Não há como questioná-los sem que alguém de fora se atreva a nos apresentar outra realidade. Nesta história de liderança e redenção pessoal, encontraremos o princípio humano mais desejado de todos: o poder de escolha.

O segredo do bambu evoca algo profundo: sob a superfície da vara de bambu existe o vazio, a abundância do nada. Se pensarmos no que existe ao nosso redor, absolutamente tudo é assim.

Antes de começar a escrever este livro, estudei outra obra maravilhosa: *Paradise in Plain Sight: Lessons from a Zen Garden* [*O paraíso à vista de todos: lições de um jardim zen*, em tradução livre], de Karen Maezen Miller. Em seu livro, Maezen apresenta interpretações budistas sobre o bambu e nos lembra que, segundo essa filosofia e religião, a forma é vazio e o vazio é forma. De certo modo, alguns sábios já haviam me deixado intrigado ao dizerem que o sólido não é sólido. Agora, Maezen nos diz o seguinte: aquilo que não tem forma vem em todas as formas. Está provado que o bambu é forte porque é oco. É flexível e resistente. Essa é a característica que diferencia um líder que sabe escutar daquele que é autocrático, rígido, dogmático e inflexível. Muitas vezes, nós nos esquecemos de algo que nos ensinaram na escola: como Deepak Chopra sempre lembra em nossas conversas, a matéria é composta por átomos, e os átomos são espaços vazios.

Para entrar neste mundo, deixe a sua mente fluir. Seja uma sentinela observando o vaivém do vento a partir do alto de uma enorme e resistente vara de bambu. Para descobrir como libertar sua mente do ego que o encoraja a pertencer a uma tribo civilizada, deixe de ser o protagonista de sua vida e, apenas por um instante, torne-se uma testemunha, assim como o bambu faz quando se aferra às suas raízes. Mas, ao mesmo tempo, esteja disposto a curvar-se diante dos ventos fortes que poderiam destruí-lo em um instante. No fim das contas, que ser humano poderia definir onde começa e onde termina realmente o nosso poder, a nossa influência e a nossa presença? Podemos nos fazer uma pergunta simples e profunda: "Quem sou eu?" Seja qual for a resposta, ela sempre nos limitará, porque somos muito mais do que as palavras que vierem à mente. Somos seres sensoriais, e nosso intelecto, por mais elevado que aparente ser, jamais poderá definir com signos linguísticos quem somos e tudo o que experimentamos através de nossos sentidos.

Antes de seguirmos adiante, convido-o para meditarmos e nos livrarmos totalmente da escravidão a que fomos condicionados por nossa vida atual. Se você está lendo o que escrevi é porque está disposto a viajar, a assumir o desafio de deixar sua imaginação expandir os próprios limites. Encontre uma posição confortável. Respire, inalando profundamente pelo nariz, prenda a respiração por três segundos e exale devagar, também pelo nariz. Repita três vezes.

Deixe seus pensamentos vagarem. Relaxe os ombros. Feche e abra os olhos lentamente três vezes. Baixe a guarda. Nesse momento não há ninguém julgando ou observando você. Deixe todas as suas opiniões partirem. Durante a leitura deste livro, tenha sempre em mente que uma opinião é apenas uma opinião sobre algo ou alguém, fabricada pela subjetividade alheia. Comece a ler sem muitas expectativas, porque quase sempre são as altas expectativas que nos trazem antecipação, ansiedade e frustração, frutos de uma exigência muito rígida. Abandone suas defesas e esqueça também suas ofensas. Muitas vezes, as mensagens de aprendizado não nos atingem porque não estamos dispostos a ouvi-las, vê-las, senti-las, aceitá-las.

Como sempre faço em meus livros de leitura com propósito, incluí uma entrevista na qual respondo a algumas perguntas feitas pelos meus primeiros leitores, que tiveram acesso ao manuscrito antes de sua publicação. Também incluí uma seção de perguntas para você, leitor, onde espero que possa anotar seus ensinamentos pessoais e desenhar um plano de ação após a leitura.

Enquanto estiver lendo, compartilhe o livro com seus amigos. Tenha em mente que os seres humanos não são ilhas solitárias, mas parte de um arquipélago infinito de formas e vazio. Viemos a este mundo para coexistirmos como árvores em um bosque: todos nos nutrimos do mesmo solo, respiramos o mesmo ar, alimentamo-nos das mesmas fontes e coabitamos no mesmo espaço. Cada um de nós tem o direito de buscar seu próprio crescimento, conforme sua capacidade de se erguer e a segurança das raízes que desenvolveu com o passar dos anos. Juntos, todos podemos compartilhar a sombra, dançar diante dos ventos, sussurrar para as nuvens, cantar na chuva, beijar o orvalho do amanhecer.

No Japão e em outros países, o bambu é considerado um símbolo de lealdade por sua haste vertical e elegante. Veja essa analogia como um lembrete para tomarmos cuidado com as pessoas em quem depositamos nossa lealdade ou fidelidade. Esta obra o convidará a fazer uma pausa e refletir durante o caminho.

Transforme-se em bambu e se torne parte da natureza. Encare-a como uma companheira, e não como algo a ser conquistado. Assim, estaremos prontos para viajar até Mapai, a comunidade bambu. Venha sem bagagem. Lá você receberá sem custos tudo o que for preciso para se tornar verdadeiramente feliz.

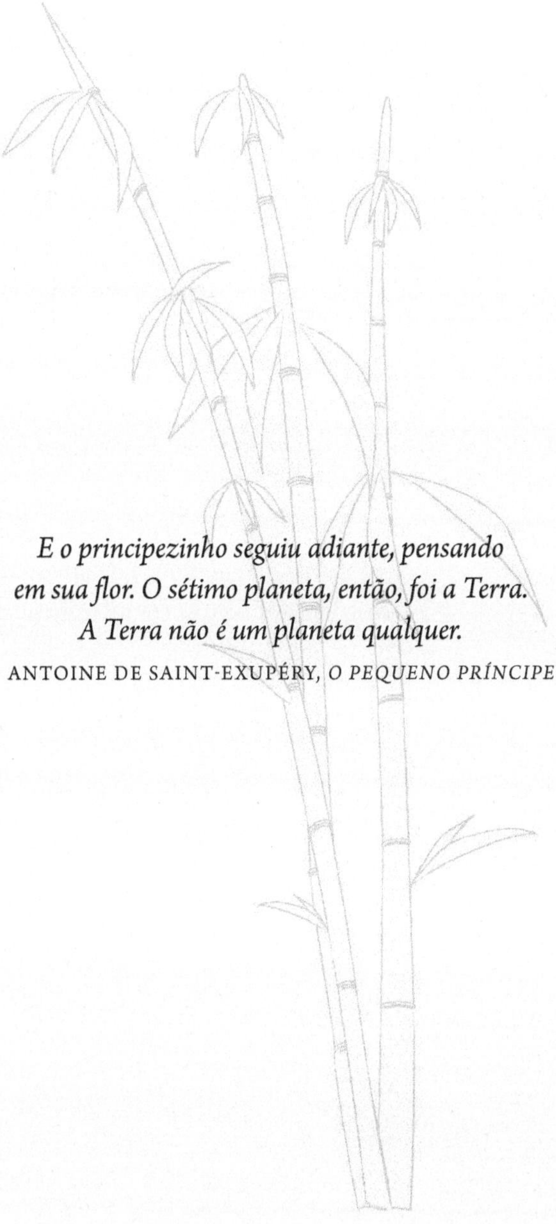

E o principezinho seguiu adiante, pensando
em sua flor. O sétimo planeta, então, foi a Terra.
A Terra não é um planeta qualquer.

— ANTOINE DE SAINT-EXUPÉRY, *O PEQUENO PRÍNCIPE*[2]

CAPÍTULO

1

MAPAI, HUÁSCAR, O BAMBU

POR MAIS QUE POSSA parecer, Mapai não é uma palavra indígena sul-americana. É um termo linguístico vindo do outro lado do mundo, da bela Tailândia. Mapai nada mais é que uma corruptela de *maptai*, que significa "bambu" em tailandês. Mas, embora venha de uma língua tão distante da nossa, Mapai é o nome que escolhi para dar à comunidade onde se passa a nossa história: um vilarejo pulsante em meio à floresta amazônica peruana.

Assim, nossa história começa nesse lugar e se passa no final do século XXI, no ano de 2085, para ser mais exato. Nessa época, as grandes distâncias já não existem, por mais milhas ou quilômetros que separem um ponto do outro. Nada é estranho em um mundo de globalização extrema, onde em um piscar de olhos ficamos sabendo o que acontece do outro lado do planeta, ou ainda, através das facilidades da realidade virtual — aparentemente já mais real que virtual —, exploramos mares recônditos e lugares desconhecidos a nosso bel-prazer.

O globo terrestre se transformou em uma minúscula bola de pingue-pongue, enredada nos enormes tentáculos da tecnologia e de suas redes sociais.

A Tailândia é um país asiático muito distante da América, é verdade, mas nesses tempos um americano a tem a seu real — não apenas virtual — alcance com apenas algumas horas de voo a bordo de um moderno e gigantesco avião. Muitos deles já funcionam à base de energia solar e fazem o céu estremecer com suas partidas e chegadas. Já não existe nenhum lugar que seja distante demais, e as diferenças entre aqui e lá são quase inexistentes!

Além disso, a espiritualidade nunca teve fronteiras, e Mapai, alicerçada na rica terra amazônica, é o resultado do que o velho Huáscar, seu guia e fundador, chama de globalização do espiritual; ou seja, do atributo que caracteriza o ser humano, que o motiva, que o impulsiona a cumprir sua missão na vida e a ser útil. **A espiritualidade preenche a existência de sentido, porque é sua própria essência!**

Os princípios que sustentam a comunidade de Mapai não são regidos por nenhum pensamento fundamentalista. Pelo contrário: cada um se desenvolve à sua maneira, com a única condição de respeitar os pontos de vista de seus semelhantes. A espiritualidade e a liberdade são tão fortes e reais na vila como a própria floresta que a rodeia.

Mapai é minúscula, mas heterogênea. As pessoas que vivem ali vêm de todas as partes do mundo. Pertencem a culturas diferentes. No entanto, são unidas pelo propósito de cumprir suas missões na vida e serem úteis — guiadas, é claro, pelo velho Huáscar. Em seu dia a dia, têm como símbolo de inspiração o bambu; uma planta universal, nobre, forte e espiritual.

Mapai está localizada no coração da Amazônia peruana. Fica em território peruano porque Huáscar, seu guia e fundador, nasceu em Tarapoto, uma bela cidade amazônica. Não está situada nesse lugar de difícil acesso apenas para satisfazer a um regionalismo banal, mas acima de tudo como forma de reconhecimento pela profunda espiritualidade professada pelos filhos dessa nação andina, sobretudo aqueles que vivem na Amazônia. No entanto, se levarmos em conta a universalidade dos valores naturais que projeta e defende, a vila poderia ter sido erguida nos Apalaches, nas montanhas dos Bálcãs, nos campos gelados da Holanda ou na própria Tailândia. O que menos importa em Mapai é sua localização física. Sua transcendência real reside no caráter espiritual e eminente de sua mensagem.

A Amazônia peruana é uma das áreas de maior biodiversidade e endemismo no mundo, e mesmo no final do século XXI continua sendo a região do país andino com menor população humana.

No entanto, apesar de ter a menor densidade populacional do país, é a mais diversificada, antropologicamente falando. A maioria de seus povos autóctones ainda reside na Amazônia, onde são faladas mais de quarenta línguas nativas do Peru.

A necessidade urgente de compreensão e cuidado exigidos por uma área selvagem como essa, por séculos vítima dos sentimentos mais sombrios a emergirem da ganância humana, é outro dos motivos que levaram Huáscar e seus seguidores a fundar Mapai bem ali, naquela região isolada, muito próxima da confluência dos rios Nanay, Napo e Amazonas.

O Nanay e o Napo, muito menores que o caudaloso Amazonas, contribuem com suas águas para a glória do gigante. É a partir desse encontro majestoso que o Amazonas começa a alcançar sua grandeza e seu tamanho ciclópico. O rio nasce e inicia seu crescimento no Peru. Quando se torna um jovem corpulento, chega à Colômbia, atravessando-a pelo sul, e ganha força na fronteira, lançando-se ao grande desafio de sua vida: chegar ao Brasil com a pompa e elegância exigidas por aquela terra colossal.

Ele é venerado, e até mesmo mimado, pela floresta brasileira. Quase duplica seu volume de água, que já era imponente. Para isso, juntam-se a ele poderosas correntes fluviais, como a do rio Negro, de bondade infinita. O rio Negro em si poderia ser o protagonista de qualquer livro de geografia; contudo, cede ao Amazonas suas águas escuras e caudalosas, e com esse gesto entrega também parte de sua grandeza após ter viajado milhares de quilômetros, atravessado dois países e deixado o Orinoco esperando por ele de braços abertos. Assim é a solidariedade na Amazônia!

Durante sua travessia pelo Brasil, a correnteza do Amazonas chega a conter mais água que os rios Nilo, Yangtzé e Mississippi juntos. Sua união com a floresta é harmônica, foram feitos um para o outro, em eterna consonância.

O rio termina sua viagem no mar depois de marchar pelo Brasil tão majestosamente quanto um desfile de escola de samba. Seu encontro com a água salgada é tão estupendo que ele chega a adoçar mais de duzentos quilômetros do oceano Atlântico. Quanto poder e grandeza! É claro, o poder do mais imenso dos rios também atrai os habitantes de Mapai. No Peru, o Amazonas é mais jovem, menos impressionante, mas também cheio de força, vida e uma espiritualidade indomável.

Em suas margens, como se fosse um velho conhecido, nasce bambu de todas as espécies. É possível ver a planta em todos os lugares, sobretudo nos arredores de Mapai, elevando seu tronco longo, redondo e estreito até o céu, tentando chegar mais alto a cada segundo para jamais ser ofuscada por nenhum arbusto.

Os habitantes de Mapai utilizam o bambu em grandes quantidades para a construção de suas casas há cerca de 15 anos e, pouco a pouco, pagaram com juros sua dívida com o rio e com a floresta. O plantio do bambu não para; é intenso, e continuará assim enquanto Mapai existir. Não só porque é a base de seu desenvolvimento material, mas também por suas qualidades intangíveis, aqui transformadas em um símbolo, servindo como um paradigma do profundo mundo espiritual que sustenta as atividades de seus habitantes.

Os habitantes não utilizam o bambu apenas para construir suas casas. Também o empregam como canos condutores de água, na construção de cercas ao redor da vila, para produzir tecidos, papel, alimentos, pontes e escadas, na medicina natural, como instrumentos musicais, dentre vários outros usos. O bambu possui a mesma utilidade e nobreza de seu principal habitat americano: a floresta amazônica.

Mapai é pequena, composta apenas de cinquenta, talvez sessenta, moradias com estruturas feitas, é claro, de bambu. É habitada pelo mesmo número de famílias, algumas vindas de perto, outras de mais longe, todas dispostas a reverenciar a natureza e escapar de um mundo desenvolvido, muitas vezes agoniante e embrutecedor. Querem demonstrar que o ser humano não precisa de riquezas materiais extraordinárias para alcançar a felicidade. Ela pode surgir do que há de mais simples e rotineiro.

Uma frase de Madre Teresa de Calcutá motiva e enche todos de otimismo, tornando-se um incentivo diário: "Não é o quanto fazemos, mas quanto amor colocamos no que fazemos."[1] Mapai, a comunidade do bambu, é produto do amor, uma gota de água cristalina em meio ao mar turvo da modernidade e do excesso.

Do alto, desde um dos milhares de satélites artificiais e naves que vagueiam ao redor da Terra no final do século XXI, é possível discernir com facilidade seu traçado circular no meio da floresta. O centro da vila é dominado por uma imensa esplanada, ao estilo das antigas vilas espanholas fundadas durante a conquista da América — todas construídas em torno de uma praça central.

No entanto, mais que uma cópia simples e inócua das moradias espanholas, Mapai adota o traçado circular seguindo os costumes de muitas civilizações indígenas da Amazônia, as quais, mesmo nesses tempos de extrema modernidade, ainda dispõem suas casas em círculos. Também o fazem em formato oval.

Constroem assim porque, dentre outros motivos, buscam mais segurança a fim de evitar que algum dos vários animais que transitam pela área adentre o interior da comunidade, onde durante boa parte do dia há muitas pessoas e crianças brincando.

No centro da pracinha de Mapai ergue-se uma pequena, mas moderna, escola de bambu. Ali as crianças aprendem no meio da floresta, mas dispõem de equipamentos de última geração cedidos pelos próprios habitantes e por organizações internacionais de proteção à fauna e à flora amazônicas. Elas apoiam o "Projeto Mapai" (como é chamado pelo líder e fundador, Huáscar) com os mais diversos recursos.

Seus habitantes não têm a intenção de rejeitar os avanços tecnológicos que o homem foi capaz de criar com engenharia e inteligência. Muito menos negar os benefícios que proporcionam. Pretendem apenas demonstrar que podem ser felizes vivendo em plena harmonia com a natureza, de maneira simples, ou mesmo rudimentar em alguns aspectos; mas sem renunciar aos muitos avanços técnico-científicos da época, sobretudo àqueles relacionados à saúde dos seres humanos e dos animais, aos meios de comunicação e a todos aqueles que não prejudicam de modo algum a preservação da natureza e do meio ambiente.

Outro interesse essencial dos habitantes é educar as crianças em um contexto natural e sadio, rodeadas de amor, levando-as a encarar os cuidados com o meio ambiente como um fator primordial da vida, longe da violência e da contaminação que assolam as grandes cidades. Os moradores de Mapai não se propõem a viver ali, no meio da floresta, a vida inteira. Mas quem quiser fazer isso nao encontrará nenhum impedimento.

Seus habitantes têm como propósito fundamental experimentar um estilo de vida íntegro, em comunhão íntima com a natureza, guiados sempre pelas ideias de Huáscar e pela espiritualidade que emana do nobre bambu, planta que reconhecem por suas virtudes, mas não idealizam nem adoram. Mapai não é uma congregação de fanáticos, mas de empreendedores sociais pacifistas e ecologistas.

Todas as experiências positivas geradas por esse estilo de vida — que não é selvagem, mas o mais natural e primitivo possível — serão úteis para que, quando decidir deixar a vila (se assim quiserem), cada um deles seja o portador de uma mensagem de amor e paz de Mapai para o resto do mundo. Uma mensagem ilustrada com a espiritualidade e a nobreza que caracterizam o bambu. Ao deixar a vila, cada habitante de

Mapai se transforma em um embaixador da Amazônia, disposto a falar sobre sua bela experiência em cada canto do mundo civilizado, mas muitas vezes caótico, do final do século XXI.

Aqueles que moram no vilarejo o consideram uma celebração à espécie humana e à possibilidade de viver em um mundo diferente, mas que também seja livre, moderno, criativo e respeitoso. Um mundo que permita aos homens existir em harmonia com a natureza e entre eles mesmos.

A modernidade não é uma condição restrita às grandes cidades, tampouco uma exclusividade das sociedades desenvolvidas. Não é! A modernidade é forjada dentro do mais íntimo do ser humano, sem importar seu local de moradia.

Para o velho Huáscar, também um pouco filósofo, **a modernidade é ter plena consciência do que é indispensável fazer agora.**

É inegável que o avanço tecnológico auxilia — e muitas vezes é decisivo — na hora de alcançar grandes propósitos na vida. Mas quando a tecnologia permeia toda a nossa existência, corremos o risco de nos deixarmos levar por ela. Se isso acontece, tornamo-nos seu escravo e deixamos de ser nós mesmos. Passamos a uma existência alheia ao mundo real, paradoxalmente distanciada da natureza e de nossos semelhantes na era do esplendor máximo das comunicações em um mundo globalizado. **Quando a tecnologia nos domina, deixamos de ser modernos para nos tornarmos alienados.**

Em 2085, apesar dos esforços e da compreensão de muitos, a humanidade também enfrenta outros problemas muito sérios: a contaminação, a desigualdade social exacerbada, a violência, os barulhos inoportunos e incessantes, o ritmo doentio e acelerado da vida e o estresse universalizado, sobretudo nas grandes cidades, onde milhões de pessoas se amontoam em meio a um enxame tecnológico que ultrapassa, e muito, as exigências humanas vitais.

O afã — e não a necessidade — de sempre estarmos conectados conspira contra a própria essência da humanidade, sobretudo contra seu rico mundo interior. Altera o tempo normal da vida. Em 2085, são realizados os implantes subcutâneos nas grandes metrópoles. Essa geração de *gadgets* instalados sob a pele para controlar até mesmo nossos sonhos é chamada de "segunda pele".

Durante mais de cem anos, a tecnologia avança sem nada que a detenha, como uma reação em cadeia. O que é revolucionário hoje se torna obsoleto amanhã. A avidez pelo avanço tecnológico é incentivada muitas vezes pela mais sombria das cegueiras humanas.

A tecnologia não é ruim em si. Pelo contrário, é maravilhosa. Mas, em 2085, décadas de uso inadequado fizeram dela uma ameaça real contra os habitantes do planeta, distorcendo o que é simples, eterno, elementar e belo.

Muitas vezes, o velho Huáscar, que, além de meio filósofo, é arquiteto, mestre carpinteiro e músico, lembra os habitantes de Mapai de tudo isso — sobretudo seus filhos Kamon, Khalan e Tania. Yandú, a babá de Tania, que conhece várias lendas e relatos amazônicos, também presta atenção em suas palavras. Tania é a mais nova dos três irmãos.

Os dois mais velhos têm mais de trinta anos. Tania está bem próxima dos 15 e é fruto do segundo casamento de Huáscar, que, com 84 anos, viveu a árdua experiência de criar os três filhos sozinho.

— Nada fácil — conta ele —, mas muito bonito.

É verdade, para Huáscar foi bonito, mas difícil, embora no caso de Tania, logo após o nascimento e morte de sua mãe, Sabrina, ele tenha contado com os serviços de Yandú — uma babá honesta, complacente e às vezes nostálgica. Yandú se tornou sombra e tutora da menina, para o deleite e tranquilidade do pai. A confiança de Huáscar em Yandú é firme como uma rocha.

Ao terminar sua jornada diária, antes de dormir, o guia de Mapai costuma se acomodar em frente à escrivaninha. Ali, desfruta da brisa amazônica que se derrama no início da noite através da janela quase sempre aberta de seu quarto, situado no terceiro andar do chamado "palácio de bambu".

A essa altura da vida, Huáscar, convencido da fragilidade de seu estado de saúde, tem absoluta convicção de que seus dias finais se aproximam. Conversou sobre isso com a babá, seus colaboradores mais próximos e seus filhos mais velhos, Khalan e Kamon, a fim de prepará-los para o golpe; mas não teve coragem de fazer o mesmo com Tania.

Ele pensa consigo: "Para ela, tudo será mais difícil, pois é a caçula. Khalan e Kamon contaram com meu apoio, mas ela ficará sozinha e ainda é adolescente. Terá a ajuda dos irmãos, não duvido disso nem por um instante, mas jamais será a mesma coisa. Preciso falar com Tania antes que seja tarde demais. Será difícil, muito difícil!"

Nessa noite, o líder de Mapai pretende revisar o livro que, após anos de esforços, terminou de escrever. Mas não faz isso. Parece-lhe mais oportuno concluir alguns documentos que julga terem uma importância transcendental. Vem trabalhando neles há três semanas, ao mesmo tempo que termina o livro.

"Ao menos um dos dois será fundamental para manter minha obra viva, para que Mapai não desapareça quando eu não estiver mais aqui, para que a vila não morra comigo."

O velho Huáscar teme que a vila de bambu, seu grande sonho que se tornou realidade, desapareça após sua morte. Ele apanha o documento que considera mais importante e lê o título em voz alta.

— "Ser como o bambu." — Depois, afirma com convicção: — Sim, terá de ser como o bambu!

O NASCIMENTO DE TANIA

Pouco antes do nascimento de Tania, seus irmãos, filhos do primeiro casamento de seu pai, propuseram a sério um nome de origem espanhola para ela: Milagros. De vez em quando, com malícia no rosto, algum dos dois sugeria que podiam deixar o nome mais "gringo" e chamá-la de Miracle — milagre em inglês. Huáscar não entendeu por que os meninos sugeriam chamar a menina que estava para chegar de Milagros ou Miracle.

Foi só algumas horas antes do nascimento da caçula, levando muito a sério a insistência dos irmãos, que decidiu perguntar a eles.

— Por que Milagros? Ninguém na família ou em Mapi tem esse nome.

Kamon, o filho mais velho, cujo nome em tailandês significa "coração e mente", explicou cuidadosamente, com ares de quem tem quase certeza de estar cometendo uma travessura.

— Acontece, papai, que ela foi concebida por um pai de 69 anos e uma mãe com mais de quarenta. Khalan e eu acreditamos que ela seja o resultado de um milagre divino.

Huáscar sentiu o rosto corar. Coçou a cabeça.

"Quanta imaginação!", pensou com seus botões.

Khalan, o filho mais novo, ficou calado até aquele instante, e então apoiou em parte a ideia de Kamon.

— Pai, o que ele está dizendo tem muita lógica. Contudo, mais do que um milagre divino, eu considero a menina um milagre da Amazônia.

A proposta atrevida dos filhos deixou Huáscar pensativo. Não considerava aquilo um milagre divino, mas, sim, era possível que fosse o resultado da vida no ambiente natural e muito saudável do Amazonas, longe da poluição, dos produtos enlatados, dos conservantes sintéticos e dos vegetais produzidos de maneira quase artificial, com modificações genéticas para abastecer de alimentos uma população que ultrapassa de longe a capacidade de produção orgânica do planeta.

Contudo, o nome Milagros não o agradava. Ele e sua esposa, uma leitora dedicada, viciada (mesmo naquela época) em livros de papel, e não em páginas eletrônicas, já haviam concordado em batizar a menina de Tania. Era uma homenagem a um grande escritor russo do século XIX, Alexander Pushkin, que escreveu um romance colossal em versos, *Eugenio Oneguin*, cuja protagonista principal se chamava Tania, diminutivo de Tatiana. A personagem entrou para a história literária como símbolo de fidelidade ao amor.

Muitos na Europa, sobretudo na imensa Rússia, atribuem a Tania o significado de "bela princesa". Além disso, as Tanias se destacam por serem nobres, discretas, amáveis e observadoras. São muito atentas e aplicam seu senso prático a todas as áreas da vida. Em relação ao amor, esperam até se sentirem seguras para demonstrar seus sentimentos.

Um nome com tais significados era ideal para uma menina que nasceria e cresceria na comunidade de Mapai. O termo "bela princesa" dos russos também caía como uma luva. Tanto a mãe quanto o pai, desde que a ultrassonografia holográfica revelara o sexo do bebê, haviam concordado em chamá-la de "bela princesa do bambu", ou simplesmente, "princesa do bambu". Era uma homenagem à planta ilustre que coloca tantos benefícios materiais e espirituais à disposição dos homens e mulheres de Mapai.

A natureza, especialmente em seu estado original, como se apresenta na Amazônia, enche o organismo humano de energias, pensou Huáscar. *Ela o limpa, oferece-lhe ar puro, longe da poluição, do ruído incessante, do estresse que rege as sociedades do asfalto e concreto. Provê o corpo com a medicina natural extraída de ervas, folhas e arbustos.*

A natureza oferece toda a sua bondade sem exigir obediência incondicional, embora cobre o respeito às suas leis — não escritas, mas bem definidas. Tudo o que faz tem respaldo em sua própria legislação. **Se alguém sabe o que faz nessa vida, é a natureza!**

Huáscar, no entanto, dispôs-se a levar até a esposa a proposta nada absurda dos filhos; mas, para fazer isso, precisava esperar o término do ato sublime do nascimento, que ocorria naquele mesmo instante no salão da comunidade, antecipando a data oficial prevista pelos médicos. Toda Mapai aguardava o nascimento da menina!

Apesar da idade de sua segunda esposa, Huáscar e ela não hesitaram em levar a gravidez adiante desde o momento em que ficaram sabendo da situação.

— Menino ou menina, virá ao mundo!

Os dois tinham uma convicção firme, embora soubessem que não seria nada fácil, sobretudo tendo em vista a idade da mãe — que já passava dos quarenta anos — e algumas de suas doenças.

Embora resolutos, nenhum dos dois estava imune ao medo. Mesmo convencidos de que não estavam transgredindo as leis da natureza, sabiam que caminhavam perigosamente perto de seus limites e que não havia nada de louvável nisso, apesar dos avanços médicos da época, quase todos disponíveis em Mapai.

No final do século XXI, mais do que interessada em estender o período fértil da mulher, a ciência médica lançava mão de todos os seus meios para tentar controlar a natalidade. O mundo abrigava quase dez bilhões de pessoas. Alguns países, como China e Índia, procuravam limitar os nascimentos ao máximo; grandes centros urbanos superlotados como a Cidade do México, Pequim, Tóquio, Moscou e São Paulo precisaram expandir seu perímetro, tanto horizontal quanto verticalmente. A altura dos edifícios parecia desafiar as nuvens, e o tamanho de cidades ultrapassava a lógica das distâncias, apesar dos avançados meios de transporte, muito rápidos e eficientes.

O velho Huáscar e sua esposa não estavam alheios à situação delicada. No entanto, prevaleceu o que chamavam de "convicção pela vida", mesmo que isso testasse os limites da natureza. O parto no pequeno e moderno hospital de Mapai, algumas semanas antes do previsto, teve início com prognósticos comedidos por parte da equipe médica. Por motivos alheios à vontade, foi preciso adiantá-lo. A decisão da mãe, apoiada por Huáscar, era de salvar a criança a qualquer custo.

Os médicos obedeceram a vontade de ambos; no entanto, o parto se complicou...

Hoje é 21 de março. A Amazônia vive um dos meses mais úmidos do ano, apesar da chuva e do calor constantes. O céu permanece nublado, mas no momento não chove.

A menina Tania chega ao mundo-bambu nessa tarde de clima carregado. Todos comemoram, mas seu primeiro choro emerge como um gemido surdo, que não pode ser festejado pelo corpo ainda morno, mas já inerte, de sua mãe.

A BABÁ

Seis semanas depois do nascimento de Tania, em uma tarde úmida de maio, chegou a Mapai uma mulher desconhecida. Foi recebida com a hospitalidade típica de seus habitantes. Ela viajava em um dos diversos barcos que percorrem o rio para cima e para baixo. Chegou ao pequeno porto de Mapai, separado do centro do vilarejo por um pouco mais de três quilômetros, e atravessou sozinha aquele trecho da floresta. Explicou que fez isso depressa por medo de ser surpreendida pela noite. Desde sua chegada, expressou interesse em falar com Huáscar. Ao ficar frente a frente com ele, disse:

— Peço que me deixe ficar aqui na comunidade. Trabalharei ao lado de vocês e me portarei à altura de vocês, confie em mim.

— De onde você vem? — perguntou Huáscar.

— De Iquitos.

— Mora por lá?

— Não, senhor.

— Onde você mora?

— Muito longe — respondeu ela.

O velho líder do Mapai observou-a em silêncio. "Muito longe" queria dizer que não estava interessada em revelar o seu verdadeiro ponto de partida, refletiu Huáscar, mas respeitou a decisão da mulher e não repetiu a pergunta.

Algum motivo ela tem, pensou.

Ela tinha as feições características de uma indígena da Amazônia, mas estilizada, como se tivesse sido atingida por uma lufada de civilização urbana, especialmente no rosto. Aparentava não mais que trinta anos, era mais jovem do que a falecida mãe de Tania. Magra sem ser frágil, estatura mediana, pele cor de canela clara, cabelo escuro, liso e curto. Dentições perfeitas e muito brancas; olhos grandes, belos e muito escuros. Vestia botas, calça e uma camisa folgada com bolsos por toda parte. Parecia um daqueles exploradores cuja tarefa é alcançar o coração da Amazônia. Sua única bagagem era uma mochila e uma pequena sacola térmica.

Huáscar viu seu interesse de viver na comunidade como uma conquista do Projeto Mapai, mas achou necessário entender a verdadeira motivação da visitante desconhecida.

— Mapai tem recebido muitas pessoas desde sua fundação, há mais de cinco anos — explica Huáscar. — Contudo, alguns foram embora por motivos diversos. Somos todos livres aqui, nenhum regulamento ou juramento nos proíbe de partir. Pelo contrário, Mapai é a liberdade de viver junto à natureza, de respirar com ela, de ser ela mesma.

Passou a falar de modo mais fervoroso.

— Aqui somos tão livres quanto os animais e o vento da Amazônia! Como o bambu quando rasga o solo e começa a crescer!

— Isso me dá ainda mais vontade de ser aceita, sr. Huáscar.

— Fico contente! Mas, é claro, vejo-me obrigado a estabelecer condições. Se você achar que pode cumpri-las, não há motivos para que não seja bem-vinda em nossa comunidade.

— E quais são elas? — perguntou a forasteira, um pouco preocupada.

— Como a senhora já deve ter notado, o bambu é a fonte natural que nos mantém aqui em Mapai. O bambu é parte inseparável de nossas vidas. A senhora conhece o bambu?

— Tanto que me considero sua descendente direta!

— Não me diga!

— Digo, sim. Nasci e me criei sob a brisa do bambu.

Huáscar quis perguntar: "Onde?", mas lembrou de sua resposta: "Muito longe", e preferiu não ser indiscreto.

— Já vivenciou seu caráter espiritual? — perguntou com certa reserva.

— Todos que nasceram e se criaram sob sua sombra experimentaram sua espiritualidade em algum momento da vida. Posso garantir que não sou uma exceção... mas não posso enganá-lo.

— Enganar como?

— Não minto quando afirmo ter nascido e me criado sob a brisa do bambu, mas tenho interesse pessoal em viver aqui, na floresta.

Huáscar detectou honestidade e precisão nas respostas dela, e notou até certo ar de filósofa.

Quais serão suas motivações?, ele se perguntou.

Naquele mesmo instante, o choro de Tania interrompeu a conversa. Falavam à porta da casa mais espaçosa e bonita de Mapai, aquela que todos chamavam de palácio de bambu. Foi construída por Huáscar, sua esposa e seus dois filhos ao longo de várias semanas, enquanto Mapai crescia com a mesma velocidade da nobre planta. Era uma obra-prima, quase um templo, onde se apreciavam a excelência do bambu e seus vários usos para a humanidade.

— Venha, aproxime-se — convidou Huáscar. — E perdoe minha falta de educação, não a convidei para se sentar.

— Não se preocupe, senhor.

Ela foi atrás dele. Passaram pela porta e caminharam até o pequeno berço de onde vinha o choro da criança. Dentro da casa, a decoração primava pelo bom gosto e pela simplicidade. Sobre o berço havia um móbile de bambu que acariciava os ouvidos da bebê ao ritmo dos leves toques do vento que entrava pelas grandes janelas do quarto.

— Essa é Tania, a princesa do bambu.

A criança continuou soluçando.

— Que linda! Posso segurá-la? — perguntou a recém-chegada com cautela.

— Claro que sim! Se eu faço isso, por que a senhora não poderia?

Com um leve sorriso devido à criativa autorização de Huáscar, a recém-chegada tirou Tania do berço feito com pequenas hastes de bambu tenro, tão tenro quanto a própria criança. Tomou-a em seus braços. A menina parou de chorar imediatamente. A mulher a balançou de leve, parecendo deliciar-se.

— Posso dizer uma coisa, sr. Huáscar?

— Claro que sim... Aqui em Mapai, todos podemos falar o que quisermos. Às vezes isso é ruim, porque algumas pessoas falam mais do que escutam, mas não parece ser o seu caso. Vejamos... o que você tem a me dizer?

— Essa criança tem saudades dos braços da mãe.

O pai da menina não conseguiu esconder a surpresa.

— Como você sabe disso? Quem lhe contou?

— Ela me contou.

— Ela quem?

— A menina.

— A menina?

— Sim, ela mesma. Só de pegá-la, pude escutar todos os seus segredos.

— Sério? — perguntou Huáscar surpreso.

— Sim, acredite. Olhe para ela!

Huáscar observou o rosto de sua filha.

— Não está mais chorando, e até sorri. Parece feliz.

A mulher cantou uma canção de ninar. Cantou em uma língua que o velho líder de Mapai não dominava, mas conseguiu identificar com facilidade: o arawak, ainda falado por algumas comunidades indígenas daquela parte da Amazônia peruana.

Tania ficou ainda mais animada. Pareceu se transportar da realidade, cantando naquela língua nativa cujo som fluía como se fosse parte da natureza amazônica. Huáscar aproveitou o momento para esclarecer suas dúvidas. Também era filha da floresta, mas vivia fora dela havia muito tempo, ou nunca vivera... Segundo contou, vinha de "muito longe". Como explicar isso? De quão longe vinha? Por que precisava viver na floresta? Ela interrompeu a melodia, devolveu um sorriso à Tania e acariciou seu rosto delicado. A princesa do bambu retribuiu o carinho com um novo sorriso.

— Vou ser honesta. — A mulher tirou os olhos da criança e encarou o pai. — Quando a escutei chorando, pensei que fosse sua neta, mas ela acaba de me contar que o senhor é pai dela — afirmou com certo ar de descoberta. Huáscar coçou a cabeça. Era sua reação típica diante de algo constrangedor como aquilo. — Não é sua neta, volto a afirmar... É sua filha, não é?

— Sim, senhora. Com muito orgulho e amor, confirmo que é minha filha. E agora eu posso dizer uma coisa?

— Não se acanhe, pode dizer — respondeu ela, olhando outra vez para a pequena.

— Desde que nasceu, é a primeira vez que sorri.

— Não imagina o quanto fico contente, sr. Huáscar.

A mulher começou a dar pequenos passos com a criança através da casa ampla e arejada. Estavam no salão principal, no térreo do chamado palácio de bambu, uma verdadeira joia digna do talento de um arquiteto minucioso, e também de um carpinteiro sublime. Em Mapai, cada família constrói sua morada, mas todas são influenciadas de um modo ou de outro pela experiência e pelos conhecimentos de Huáscar. No entanto, o palácio de bambu se sobressaía em meio às outras casas por sua graça e beleza. A magnificência do bambu era evidente, adquirindo ali o seu máximo esplendor.

Sem parar de se mover, a recém-chegada retomou a conversa.

— Como você disse que a menina se chama?

— Tania. Se chama Tania.

— Tania, que bonito! Um nome de origem latina.

— Não, não é latino — argumentou Huáscar. — É eslavo, minha senhora. Mais precisamente, russo.

Ela sorriu.

— É verdade, sr. Huáscar, é um nome russo, mas sua origem é latina, posso garantir!

— Latina!

— Vem de Tatius, um rei sabino. Mas não sei os motivos pelos quais os russos se apropriaram do nome.

— Confesso que não sabia disso. A mãe da menina tirou o nome de um famoso romance russo.

— *Eugenio Oneguin* — disse a mulher, sem deixar de embalar a pequena.

— Esse mesmo.

— Um romance lindo! — Ela encarou Huáscar, sem deixar de se mover. — O senhor me disse que a chamam de "princesa do bambu"?

— Isso mesmo.

— Se me aceitar na comunidade, garanto que será não apenas a princesa, mas a rainha do bambu.

— A rainha do bambu?

— Sim, senhor. Ela nasceu aqui, não foi?

— Sim, nasceu.

— Sr. Huáscar, uma princesa pode viver a vida toda à sombra de um monarca sem jamais chegar a ser rainha. Tania não deve viver à sombra do bambu. Ninguém melhor do que ela, nascida sob suas hastes, para chegar a ser como ele e projetar a mesma sabedoria, força e bondade que o caracterizam.

— E você me ajudaria com isso?

— Claro que sim. Os habitantes de Mapai vivem sob o reinado do bambu. Se conseguirmos fazer com que Tania, mais do que viver sob ele, seja como ele, como não haveria de ser a rainha?

— A rainha do bambu! — exclamou Huáscar com orgulho. — Como a senhora se chama? Isto é... se não tiver problema em dizer...

— Yandú. Meu nome é Yandú.

— É indígena?

— Não sei. Acho que sim.

— Não sabe, só acha! — exclamou o pai da menina, entre surpreso e cético.

— Sim, só acho.

A mulher, animada com a reação de Tania em seus braços, não olhou para Huáscar. Só tinha olhos para a bela princesa do bambu.

— Então, a senhora poderia me contar como aprendeu a cantar em arawak?

— Em arawak? Eu nunca cantei em arawak.

— Senhora Yandú, eu não domino essa língua, mas sei reconhecê-la, e a senhora acabou de cantar em arawak.

— Nunca cantei em arawak, sr. Huáscar, posso garantir...

— Nunca, a senhora disse?

— Nunca!

Huáscar não insistiu. Ficou completamente convencido de que a recém-chegada não estava disposta a falar mais sobre suas origens, mas seu instinto dizia que era uma boa mulher.

Os habitantes de Mapai se dedicavam à agricultura, à colheita dos frutos da floresta, à pesca, à proteção da vila, à confecção de tecidos e utilidades domésticas, a reproduzir e explorar os usos do bambu, à manutenção das casas, à jardinagem, aos cuidados com a saúde e à educação das crianças, dentre outras atividades; todas estabelecidas de acordo com as leis estritas da natureza. Nada podia ir contra ela. Pelo contrário, todas as ações dos habitantes da vila tinham por obrigação proteger a Mãe Terra.

Alguns, os mais versados em ciências naturais, astronomia e outros assuntos, encarregavam-se de pesquisar as consequências do aquecimento global e do efeito estufa na Terra — um trabalho louvável, porque a humanidade vivia um momento crucial marcado pelo degelo da Antártida, que ao final do século XX já causara o aumento do nível do mar em quase meio metro.

No entanto, a situação não era tão dramática como haviam previsto alguns cientistas, que chegaram a afirmar que, até o final do século XXI, o nível do mar teria subido até vinte metros em relação a cem anos antes. Não foi o que aconteceu. Eles erraram, para felicidade geral. No entanto, muitas áreas litorâneas ao redor do mundo corriam o risco de serem engolidas pelos oceanos, sobretudo no trecho americano do Atlântico, incluindo o Caribe.

A temperatura média global já aumentara em mais de dois graus, as chuvas se intensificaram, o frio era mais forte e o calor atingia níveis opressivos. Tempestades, especialmente em regiões como a Amazônia, eram muito mais frequentes do que um século antes.

Essa realidade era um resultado direto do aquecimento global, efeito da negligência e das ações inescrupulosas da humanidade, que saturou a atmosfera da Terra por décadas com os chamados gases de efeito estufa, como o dióxido de carbono e o metano.

Esse contexto era um dos argumentos fundamentais para justificar a necessidade de uma comunidade como Mapai, mostrando ao mundo a viabilidade de uma vida feliz em comunidade; uma vida saudável e sem agressões à natureza — pelo contrário, que a respeitasse e cuidasse dela.

Por solicitação expressa de Huáscar, Yandú não desempenharia nenhumas das tarefas especificadas anteriormente.

Ela se dedicaria somente a Tania. Seria sua babá e, ao mesmo tempo, sua principal educadora. Teria a função primordial de instruí-la segundo os preceitos da natureza, dando ênfase à filosofia do bambu, a planta maravilhosa que guiava os passos e possibilitava a existência de Mapai, um ambiente humano marcado pelo trabalho, pelas relações interpessoais e pelo amor.

— Mapai é amor! — costumava repetir o velho Huáscar.

Yandú assumiu a responsabilidade de criar a menina em meio àquele ambiente de amor, e era sua responsabilidade transformá-la, como prometeu ao seu pai, na rainha do bambu.

— Ela mesma se ofereceu para esse trabalho, e foi esse o compromisso que assumiu! — afirmou Huáscar a todos.

O líder da comunidade ficou muito feliz com a chegada de uma mulher como Yandú a Mapai. Parecia, como diz a expressão, caída do céu.

Além da imensa dor que causou, a morte de sua esposa Sabrina também deixou um grande vazio em sua vida, enchendo-o de preocupações. Sua existência se tornou um novelo emaranhado de perguntas arrevesadas. *Será que terei tempo de ver Tania crescer?*, perguntava-se. *Será que, pelo menos, conseguirei mostrar a ela o caminho certo na vida, ainda que não possa acompanhá-la nessa longa jornada?*

Após sua conversa com Yandú, o guia de Mapai descansou por alguns instantes, subiu até o terceiro andar do palácio de bambu e se deitou. No entanto, sua mente não deu trégua.

— Ter filhos nessa idade era um desafio, mas aconteceu. Eu e Sabrina concordamos. Agora, só me resta batalhar e criar a menina segundo os valores em que sempre acreditamos.

Mais que o medo, o que inquietava Huáscar era o seu severo senso de responsabilidade.

— Será que serei capaz de alcançar os objetivos que Sabrina e eu estabelecemos quando decidimos enfrentar a gravidez? Tania terá orgulho de ser filha de Mapai? Conseguirei alcançar essa meta?

Desde a morte de sua esposa, era assaltado por dúvidas.

— O pior de tudo é que não são dúvidas do tipo que você decide sanar, e não para antes de conseguir — refletiu em voz baixa. — O pior dessas dúvidas é que só são respondidas com o tempo, à medida que os anos passarem e Tania for crescendo, quando já for adulta. Caramba, quando talvez eu não estiver mais aqui!

Não que Huáscar houvesse deixado de ser otimista — uma virtude que o acompanhara ao longo da sua existência. Huáscar continuava otimista e, como tal, tinha a virtude de confiar em si mesmo. No entanto, os otimistas também têm o direito de hesitar, embora estejam sempre prontos a esclarecer todas as incertezas que aparecerem pelo caminho. E não só isso. São preparados psicológica e espiritualmente para tirar proveito e aprender com elas.

Um otimista como Huáscar tem consciência de que o pior não é ter dúvidas, mas se deixar vencer por elas. Esse é um dos motivos de seu sucesso. O que preocupava o líder longevo, deitado em sua confortável cama em plena tarde fresca de maio na Amazônia, era não ter tempo de sanar essa dúvida.

"Tenho uma idade avançada e fiquei viúvo com uma filha recém-nascida. É de perder o sono! Seus irmãos a ajudarão, não tenho dúvidas, mas jamais será a mesma coisa. Será muito difícil para ela."

Seu otimismo continuou inabalável durante a gravidez de Sabrina, especialmente por conta da mãe, que agora já não estava mais presente.

Contudo, ainda que não a conhecesse, pois acabara de chegar, sua intuição dizia que Yandú poderia ajudá-lo muito a criar Tania. Isso não o deixou completamente tranquilo, mas permitiu alguma esperança em meio a tantas preocupações. Fez com que a fé que sempre o acompanhara se fortalecesse um pouco.

"Na ausência da mãe", concluiu Huáscar, "Yandú parece ser a pessoa certa. Claro que jamais será como Sabrina, mas não posso exigir tanto. Khalan e Kamon não tiveram uma babá. Para eles, as coisas foram muito mais difíceis, pois viram a mãe morrer ainda muito jovens. Que tristeza! A morte sempre marcou o caminho de meus amores."

Huáscar deixa suas lembranças correrem soltas. Não se deixa arrastar pela nostalgia do passado, mas tem a convicção de que devemos recorrer sempre a ele, reavaliá-lo sob o ponto de vista do presente e transformá-lo em uma fórmula eficaz para o futuro. "É preciso saber beber do passado no presente para caminhar em direção ao futuro." É nisso que acredita.

Por esse motivo, não é raro que sua mente retorne ao que já passou. Não com a intenção de se refugiar em tempos que não mais voltarão, mas para retornar ao presente disposto a enfrentar o caminho que a vida lhe oferece, convencido de que sempre haverá um cume mais alto para conquistar.

Acostumado com a meditação, consegue se transportar para o mais íntimo de seu ser com uma facilidade espantosa. E, uma vez em conluio com seu espírito, é capaz de desafiar o tempo e o espaço.

Deitado em sua cama, começa a meditar. Huáscar sabe muito bem que aquele não é o método correto, mas, argumenta para si mesmo, aquela tampouco é a melhor hora do dia para se dedicar à prática meditativa. Dizem que não é preciso seguir todas as regras, e ele acredita nisso. Seu momento oficial de meditação é bem cedo pela manhã, antes do nascer do sol.

São mais de seis da tarde e começa a chover na Amazônia, nada fora do normal. A brisa fresca entra pela janela trazendo um cheiro de terra molhada digna dos deuses do Olimpo, como se costuma dizer das coisas grandes e belas.

Embora não esteja cumprindo estritamente os regulamentos dos mestres ecumênicos de meditação asiática, pensou ele, *vou meditar um pouco.*

Huáscar deseja meditar neste fim de tarde, quase noite, em sua cama. Quem disse que não pode? É um mapaiano livre. Sabe que aquela não é a posição correta, mas está prestes a quebrar os regulamentos estritos daqueles que chama de "mestres ecumênicos asiáticos". O que deseja fazer é mais que uma meditação contemplativa ou a entoação de um mantra. É uma viagem por sua memória.

Propõe-se a voltar ao passado, quarenta anos antes... Nos últimos dias ele só tem pensado em Sabrina, a mãe de Tania. Sente-se culpado por não pensar tanto em Narissara, a bela tailandesa capaz de gerar dois filhos do porte de Kamon e Khalan e aceitá-lo como marido nos caminhos da espiritualidade de bambu.

Agora, Huáscar interioriza a necessidade de recordá-la, de prestar-lhe uma homenagem para que saiba, onde quer que esteja, que sempre permanece junto dele.

Durante sua adolescência e juventude, Huáscar nunca valorizou as bênçãos espirituais do bambu, nem seu belo exemplo, tampouco a profunda filosofia de vida que ele projeta — embora sempre tenha praticado ioga ativamente e admirado a cultura e a sabedoria asiáticas.

Essa devoção incrustou-se em sua alma desde que era muito pequeno, quando se sentava, dia após dia, para observar seus pais imersos e recolhidos na mais profunda meditação.

Pouco a pouco, seguindo seu exemplo, lendo livros de ioga e levando muito a sério seus conselhos, o jovem Huáscar iniciou a exploração de seu mundo interior. Conseguiu conhecer a si mesmo ainda muito cedo, imbuído pelas ideias de um famoso pensador indiano da época, Deepak Chopra, que professa em sua obra a necessidade de aprimorar diariamente o nosso autoconhecimento e meditar para entendermos nossa fonte de conhecimentos e de consciência pura, que possibilitam a inter-relação entre o eu interno e o mundo que nos rodeia.

Agora, extasiado pelo cheiro de terra úmida que o vento amazônico carrega, Huáscar começa a meditar, desce até as profundezas de seu eu interior... De lá, viaja livre como o vento... Volta ao passado...

... Há quase cinquenta anos, ele, com apenas 34 anos, depois de se formar arquiteto em uma renomada universidade latino-americana, visita a Tailândia. Vai até lá com o objetivo de conhecer os mestres carpinteiros do país asiático, verdadeiros artífices da arte com madeira, em especial com bambu. O jovem Huáscar atribui a essa planta um caráter utilitário, preocupa-se apenas com a matéria-prima que lhe permite mostrar sua habilidade como designer e construtor de móveis e casas e, assim, manter viva uma rica tradição familiar.

Ele sempre escutou que a Tailândia era a terra dos elefantes e do bambu. Na verdade, os nobres paquidermes não o interessam muito. Admira sua grandeza e a utilidade que ainda oferecem aos habitantes do país, mas não sente mais nada por eles. No entanto, a planta o atrai, chama a sua atenção. Ele conhece os enormes benefícios materiais que ela oferece, além de seu baixo custo.

O que o jovem Huáscar não imagina é que suas concepções utilitárias sobre o bambu, paradoxais se levarmos em conta seu profundo significado espiritual, dariam uma guinada e começariam a se expandir a partir de sua primeira viagem à bela Tailândia.

Não imagina que o bambu, mais que uma matéria-prima adequada para seus fins profissionais, passaria, a partir daquele momento, a ser um alimento para seu espírito, transformando-o em um ser humano com valores éticos maiores e ainda mais profundos.

Em uma tarde nublada de setembro, úmida e quente, Huáscar vai até as proximidades de um dos tantos templos budistas que existem na Tailândia. A beleza e a originalidade da arquitetura tradicional tailandesa o desviam repetidas vezes de seu objetivo principal, ou seja, das propriedades materiais do bambu, para induzi-lo à contemplação e à análise profissional dessas construções, muitas delas milenares; e para estudá-las e formar uma opinião sobre as soluções estruturais de seus designers e construtores.

Caminha por ali, relaxa, respira, aproveita ainda mais o agradável cheiro do incenso que emana do interior do templo e se mistura com o aroma das flores silvestres e da rica vegetação que envolve os locais sagrados. Em momentos como esse, lembra de seus pais sentados em posição de flor de lótus com os olhos fechados, imóveis, meditando, alcançando as partes mais sagradas de seus seres.

Ele pensa: Quanto engenho e paciência para conceber e levantar cada um desses templos!

A perplexidade toma conta do jovem graduado em arquitetura. Huáscar não pretende entrar no templo, apenas passeia e admira seu exterior. O respeito que sente por todas as religiões, ainda mais quando não conhece seus rituais, como é o caso do budismo, desperta nele certa apreensão na hora de encarar símbolos e altares. Se há algo que ele respeita na vida é a espiritualidade alheia e a maneira como ela se manifesta. É assim que ele pensa e age.

Está ciente de que Deus é o mesmo para todos, mas cada um o adora a seu modo, segundo sua cultura e tradição. Teme ser indiscreto ou se comportar de forma equivocada em um espaço que, para outros, é de veneração. Nunca se perdoaria por isso.

Naquela tarde de setembro, um tanto enfeitiçado pela beleza natural da paisagem e pelas boas energias do ambiente tranquilo, Huáscar não se dá conta da armadilha que a natureza tailandesa prepara para ele.

Intensas nuvens de tempestade começam a cobrir o céu feito um enorme cobertor acinzentado com pontos negros. O jovem Huáscar está alheio aos movimentos inquietos das nuvens escuras, quase prontas para despejar repentinamente todo o líquido armazenado em suas entranhas.

As primeiras gotas de água, quase quentes, gordas e pesadas, surpreendem-no e o devolvem ao devido tempo e espaço.

Nesse momento, percebe que está no cume da diminuta colina onde fica o pequeno e isolado templo budista. Chegou até ali subindo seus mais de 250 degraus de pedra, e agora é impossível voltar sem sofrer as consequências da imensa tempestade tropical que se avizinha. No alto, as nuvens parecem não mais aguentar.

Huáscar não pensa duas vezes, não resta alternativa senão abrir uma exceção justificada e subir quase correndo a meia dúzia de degraus que o separa do piso de madeira do templo. Refugia-se sob o estreito alpendre em frente à entrada principal.

O aguaceiro desaba com uma força infinita. Nos primeiros instantes, Huáscar se sente a salvo, mas a chuva e o vento dão início a uma dança bela e ritmada. O vento sopra para um lado e a chuva o acompanha; depois muda de rumo e a água, fiel a quem guia seus passos, segue-o obediente. Ao que parece, fazem todo o possível para molhar Huáscar.

A chuva não cai em linha reta, de cima para baixo. Vem em ondas, às vezes pela direita, outras pela esquerda. O vento brinca com ela.

Caramba, parecem estar se divertindo!, *pensa o visitante, andando de um lado para outro sob a pequena cobertura, tentando, ao que parece, acompanhar o ritmo da chuvosa melodia. Anda sem parar de uma ponta à outra, tenta se esquivar da chuva, mas as gotas já não são tão grandes, pesadas ou quentes. Já nem são mais gotas! Transformaram-se em espessos riachos de água, entrelaçados uns aos outros, caindo em abundância.*

Huáscar não vê outra solução. Apesar de seu respeito, entra no templo. Faz isso com máxima deferência. Cruza o limiar. Uma vez lá dentro, ele se sente tranquilo e sacode a camisa com cuidado. Não está encharcada, mas muito molhada pela chuva. Vê um pequeno Buda sorridente sentado no assoalho de madeira, no centro da parede ao fundo. O visitante começa a sentir um fluxo estranho e agradável de energias positivas. O aroma de magnólia que os incensos emanam invade cada pedaço do pequeno templo. Ele está sozinho, ou, melhor dizendo, acompanhado apenas pelo pequeno Buda que, a dez metros de distância e sempre sorridente, parece lhe dar as boas-vindas.

Embora não seja praticante do budismo nem de qualquer outra religião, Huáscar começa a sentir uma imensa sensação de bem-estar se apossando dele em um piscar de olhos.

A brisa úmida, que também apronta no interior do templo, o cheiro da terra molhada, o som da água sobre o telhado, a atmosfera de paz e o aroma dos incensos transportam Huáscar a uma dimensão que ele desconhece, embora seja um praticante ativo de ioga.

Fecha os olhos e cai em um estado de letargia, descendo em poucos segundos até um dos mais epidérmicos estados meditativos. Um estado fácil de alcançar para quem pratica a arte da meditação cotidianamente. Seus pensamentos relembram em instantes diversos anos de vida, desde sua infância naquela pequena cidade provinciana da Amazônia peruana até o momento em que o horizonte dos estudos se abre para ele, que vê a necessidade de frequentar uma escola de grande prestígio no centro de uma grande metrópole.

Sua vida muda, passa a acontecer no meio de uma cidade-símbolo da civilização ocidental, altamente tecnológica, com grandes pontos comerciais e letreiros luminosos, com um tráfego incessante e às vezes infernal de veículos, mas espiritualmente muito pobre. Uma cidade dominada pelo estresse, pelos horários rígidos, pelas luzes resplandecentes e pela publicidade avassaladora, seduzida pela beleza estética e pelo valor utilitário.

Volta ao presente e experimenta um prazer indescritível. Goza de uma carga enriquecedora de energias positivas que recebe, da paz — ou tranquilidade interna, como prefere chamar — que começara a se apoderar de seu espírito desde o momento em que entrara naquele pequeno e isolado templo no meio da campina tailandesa.

A diferença abismal entre as duas realidades flui como um manancial em um simples piscar de olhos. Huáscar desfruta desse momento efêmero com a intensidade do eterno... Por fim, abre os olhos. Para completar sua satisfação, percebe que boa parte do in-

terior do templo foi construída com bambu, trabalhado com presteza e delicadeza.

Ainda temendo cometer um ato profano, dá alguns passos e se aproxima do pequeno e sorridente Buda e toca primeiro o pequeno altar coberto, depois alguns dos postes de madeira que o sustentam. Com a mesma delicadeza com que se alisa o veludo, explora a textura e a rigidez do bambu, aprecia-a com seus dedos, admira a pretensão artística da obra, intui o modo como foi trabalhada e reconhece a excelência de seus mestres carpinteiros.

Fica ainda mais satisfeito quando observa como as peças fabricadas com bambu se integram facilmente ao restante da estrutura, feita de outras madeiras. Elas formam um interior harmônico, no qual predominam as cores naturais da madeira, cujo cheiro tampouco passa despercebido. Sua fragrância compete em pé de igualdade com o aroma dos incensos, sempre acesos.

A típica chuva de verão parte tão rápido quanto chegou. As nuvens pesadas se vão e finalmente Huáscar decide voltar para a pequena pousada onde está alojado, em um dos bairros periféricos da grande Bangcoc.

Antes de partir, decide percorrer uma última vez a pequena colina e admirar novamente, passada a chuva forte, a beleza natural do lugar onde fica o pequeno templo, uma parte indispensável da paisagem.

Voltará no dia seguinte, mas antes deve verificar se não é ofensivo trazer seus equipamentos audiovisuais para gravar o excelente trabalho feito no entalhe do bambu. Fará isso de manhã cedo, quando não corre o risco de ser surpreendido por uma caprichosa e dançante tempestade de verão.

Prestes a sair para a tarde escura, bela e relaxante, percebe a chegada de um pequeno grupo de jovens com flores e incensos ain-

da apagados. Pretendem entrar no templo. Respeitoso, Huáscar cumprimenta-os com um sorriso, retribuído por todos, enquanto olha para o céu e verifica se as nuvens não jogarão outra chuva sobre ele durante o retorno.

Uma das jovens não entra: fica do lado de fora do templo, procurando em vão um lugar seco onde sentar. Huáscar aprecia sua expressão de inocente descontentamento causada pela frustração. Naquele instante não há nenhum centímetro fora do santuário que não respingue água por todos os poros.

Contudo, a jovem insiste: coloca um pequeno lenço sobre as escadas de madeira. Senta-se, mas levanta como se fosse impulsionada por uma mola. De imediato, sem qualquer constrangimento, sacode a parte de trás do corpo, vitimada por sua teimosia.

Huáscar passeia como quem não quer nada pelo pequeno bosque ao redor do santuário, mas, sem conseguir se controlar, olha outra vez para a jovem, que continua de pé a 15 ou vinte metros de distância. Usa um vestido de verão típico e chamativo, mas com um ar moderno peculiar. Predominam na roupa duas das cores nacionais, o branco e o vermelho. É bem folgado e termina abaixo dos joelhos; suas mangas, muito largas, não passam da altura dos cotovelos. O vestido, embora recatado, não esconde sua forma encantadora e esbelta.

Huáscar sempre sentiu atração por mulheres elegantes e longilíneas, embora se considere feio e banal.

Abre um sorriso que, imagina, não será notado: Eu poderia ajudá-la, mas... *A dúvida o prende onde está. Sempre foi uma pessoa tímida, extremamente respeitosa. Para ele, o respeito nunca tem limites. Seu sorriso travesso se transforma em um sobressalto inocente quando vê a jovem caminhando em sua direção enquanto ajusta no ouvido direito o que parece ser um minitradutor simul-*

tâneo, muito utilizado na época. Huáscar suspeita que ela deseja começar uma conversa... E não está enganado.

Depois de lhe oferecer um amplo sorriso, a jovem o cumprimenta em seu idioma nativo. Huáscar, também equipado com o acessório moderno comprado em um mercado de rua de Bangcoc e muito parecido com os amplificadores de som utilizados há décadas por pessoas com deficiência auditiva, recebe a mensagem em sua língua materna.

O jovem retribui o cumprimento. Por instantes, sente o impulso de estender a mão em um gesto de amizade; mas se arrepende, pois não está convencido de que seja prudente fazer isso na Tailândia, ainda mais diante de uma mulher.

— Por que você não entra no santuário?

Para responder, Huáscar precisa esperar os segundos que o aparelho leva para traduzir a mensagem.

— Já entrei. Eu me abriguei da chuva lá dentro — explica devagar, para ganhar tempo. — E a senhorita, por que não entra? Todos os outros entraram. — Agora é ele quem puxa a conversa.

— Hoje estou com mais vontade de me conectar à natureza. Adoraria fazer isso sentada, mas a chuva me impediu.

— Sim, percebi.

— Também percebi que você percebeu.

A tradução do trava-línguas confunde até mesmo o tradutor automático.

— Por favor, poderia repetir?

Ela sorri, observando a expressão confusa do jovem ocidental.

— Nada de mais, só disse que reparei no seu sorriso, sobretudo quando tentei me sentar.

Agora a tradução automática funciona de forma eficaz.

— Peço desculpas, não quis ofendê-la. Só achei engraçado, nada além disso.

Ela espera os segundos quase regulamentares em uma conversa daquelas.

— Se fosse um jovem tailandês, teria se aproximado de mim com gentileza e oferecido ajuda, e agora eu talvez estivesse contemplando a natureza sentada e bastante confortável.

Pela primeira vez, Huáscar amaldiçoa o tradutor em seu ouvido. Preferia que o aparato que traz no ouvido tivesse falhado naquele instante, mas ele traduziu cada palavra de forma muito precisa e eficiente.

— Desculpe-me, eu sinto muito. Juro que pensei em fazer isso, mas tive medo de ser desrespeitoso.

— Não tem problema, só falei isso para provocá-lo. Mas aconselho você a nunca deixar de ser cortês por medo de ser desrespeitoso.

— Um ótimo conselho, obrigado. Garanto que de agora em diante vou levar isso em conta. A senhorita me deu uma grande lição...

Deixa a frase em suspenso, esperando que ela fale o seu nome. A jovem nota sua intenção.

— Narissara. Meu nome é Narissara.

É ela quem estende a mão. Ele retribui o gesto.

— Gostaria de dizer que é um nome muito bonito, mas talvez isso pareça íntimo demais. Quase todos os homens, ao escutar o nome de uma mulher, dizem a mesma coisa: "Que nome bonito!"

Ela ri do comentário de Huáscar. Observa-o. Ele se sente observado. É corpulento, de estatura mediana, mestiço, mas de pele não muito escura.

— Não é desrespeitoso vir até aqui e não entrar no templo? — pergunta Huáscar.

— Não, de forma alguma... Eu adoro a ideia de Buda em qualquer parte, não necessariamente dentro do templo; embora vi-

site todas as semanas para me encontrar não apenas com o pensamento dele, mas também comigo mesma. Você tem alguma religião ou é ateu?

— Eu não sou ateu, mas não me considero praticante de nenhuma religião. No entanto, tenho a convicção de que algo maior do que nós nos mostra o caminho. Uma ideia, talvez uma energia superior. Estou plenamente convencido da espiritualidade dos seres humanos. Creio em Deus e também sigo líderes como Jesus Cristo, Buda e Maomé. Meu Deus não assina contrato de exclusividade com nenhum dogma.

— A verdade é que, embora você não siga nenhuma religião, sua ideia de espiritualidade é muito parecida com a nossa.

— Não é de estranhar. Desde pequeno, ando cercado pela espiritualidade asiática. Pratico ioga, aprendi com meus pais.

— Conte-me mais sobre essa crença em algo que, como você diz, nos ensina o caminho.

A conversa adquire uma profundidade conceitual que Huáscar não esperava, mas ele está preparado para enfrentá-la.

— Acredito que existe uma ideia que nos aponta o caminho, e pode até mesmo construí-lo. Mas a velocidade, as intenções, os propósitos e o destino final com que nos deparamos nesse caminho dependem apenas de nós mesmos, de nossas convicções e de nossa preparação. O sucesso e a felicidade dependem disso.

A bela tailandesa encara-o novamente, como se digerisse aquele hieróglifo de conceitos suscitado por sua pergunta.

Em um primeiro momento, Huáscar acha que ela nao compreendeu ou aceitou sua mensagem, mas a jovem sorri e acena com a cabeça. Ele respira tranquilo.

— Trabalho com muitos ocidentais, e é difícil conhecer algum com esse tipo de crença. Não que todos se deixem dominar pelo

pragmatismo que domina o mundo, mas não é comum que tenham sua espiritualidade tão à flor da pele, como parece ser o seu caso.

Huáscar fica lisonjeado.

— Muito obrigado, sou mesmo uma pessoa muito espiritual. Como eu disse, meus pais sempre me transmitiram esses conceitos, mas apesar disso não sigo nenhuma religião específica. Embora, permita-me deixar claro, eu respeite todas elas.

Então Huáscar se desculpa.

— Desculpas se estou falando com muita intimidade.

— Não, não tem problema. Lido com muitos ocidentais e já estou acostumada.

— O que você faz? Por que trabalha com tantos ocidentais?

— Sou terapeuta, especializada em massagem de bambu.

— De bambu?!

O jovem arquiteto fica espantado. Conhece a famosa massagem de bambu, uma antiga técnica de origem oriental que alguns acreditam ser utilizada há mais de cinco mil anos. Agora, no final da segunda década do século XXI, é praticada em todo o mundo; mas seus grandes mestres vivem no Japão e ali mesmo, na Tailândia.

É uma técnica bastante eficiente para aliviar o estresse e liberar muitas das toxinas que se acumulam no corpo. Desde tempos remotos, a cultura oriental atribui propriedades mágicas ao bambu e ensina que o caule oco da planta absorve as energias negativas do corpo durante a massagem. Elas circulam por dentro do espaço vazio e estreito do bambu para depois se reintegrarem ao corpo, já transformadas em energia positiva.

— Você nunca recebeu uma massagem de bambu?

— Não, nunca.

— Não sabe o que está perdendo — disse Narissara com um olhar de malícia.

— *Posso visitar seu trabalho? Adoraria uma dessas massagens.*

— *Claro que pode.*

Eles trocam nomes, endereços, números de telefone, e a sessão fica marcada para o dia seguinte, em uma movimentada casa de massagens no centro da capital tailandesa.

Terei que deixar o templo para outro dia, *pensa Huáscar.*

Desde então, Huáscar adora massagens de bambu; mas, durante aquela primeira visita à bela nação tailandesa, o que lhe encantou não foram as massagens, mas Narissara e sua beleza frágil, sua doçura, seus princípios muito próximos aos dele e, é claro, as mãos dela.

No início era uma amizade sincera. Porém, logo aquilo tudo se transformou em amor, um sentimento que transcende raças, religiões e fronteiras. Embora, no final da segunda década do século XXI, as distâncias ainda fossem respeitadas, para Huáscar e Narissara o Peru e a Amazônia nunca estiveram tão próximos da exótica Tailândia...

... Enquanto medita e sua mente voa ao recordar esses momentos do passado, o velho líder de Mapai adormece em sua cama. A brisa fresca da tarde amazônica é o sonífero perfeito... Não, Huáscar não segue os preceitos daqueles que chama de "velhos mestres ecumênicos da meditação asiática". Não adota a posição recomendada por eles e pega no sono, deixando de desfrutar da fantástica primeira massagem de Narissara, com o vaivém abençoado do bambu e o toque das mãos macias da bela tailandesa, que percorrem naquela tarde cada canto de seu corpo, cada um de seus pontos mais sensíveis, removendo as energias negativas e transformando-as em positivas. Tão positivas que inauguraram um relacionamento de vinte anos que só a morte foi capaz de interromper.

CAPÍTULO

2

TANIA E YANDÚ

Os IANOMÂMI SÃO UMA das tribos mais antigas da Amazônia. Seus membros contam que, em uma montanha alta, viviam dois pássaros enormes e feios de bico curvo muito afiado, olhos saltados e garras enormes. Eram chamados de Dinoshis e considerados o terror dos habitantes do Amazonas.

Os Dinoshis usavam as garras para capturar todos que estivessem ao seu alcance. Como era de se esperar, as pessoas viviam em perigo, escondendo-se atrás de arbustos ou em cavernas profundas. Todos sentiam medo. Mas, segundo dizem, os Dinoshis eram protegidos por uma couraça de ferro que bloqueava até mesmo as flechas e lanças mais afiadas.

Tania cresce em Mapai escutando as histórias de Yandú. Graças à sua teatralidade natural, a babá injeta drama em cada uma das histórias que conta. Seu conhecimento sobre a Amazônia é espantoso. Yandú conhece cada planta, cada animal, cada canto, cada som. Yandú parece ser a própria Amazônia.

Nessa linda tarde, sob as sombras do bosque de bambu que rodeia a vila, a babá entretém não apenas Tania, mas todos ao seu redor com uma fábula que diz ter escutado há muito tempo e que jamais esqueceu.

— Não sei contá-la com exatidão — explica Yandú —, mas a essência é mais ou menos essa.

Tania é fascinada por suas histórias. Já adolescente, é cortejada e mimada pela floresta e pelos habitantes de Mapai, sobretudo pelo pai, pelos irmãos e por Yandú, sua babá doce e misteriosa. A jovem filha de Huáscar lembra dos anos de infância à sombra do bambu, quando era amamentada com lendas e melodias da floresta.

Mapai abriga centenas de histórias em terceira dimensão, inclusive algumas holográficas, armazenadas em modernos dispositivos eletrônicos. O mais recente deles se chama "entretenimento doméstico". Seus habitantes desfrutam dos avanços tecnológicos que caracterizam o final do século XXI. A vila não está alheia ao incrível desenvolvimento audiovisual da época. Está em conexão com o mundo. Contudo, as lendas bem contadas, verídicas e espontâneas de Yandú são diferentes.

Além disso, segundo Huáscar, ela confere às histórias que conta não apenas veracidade, mas também cores e valores humanos. Torna-as verossímeis devido à paixão de sua narrativa — uma paixão que jamais poderá ser armazenada nos microchips eletrônicos de última geração, chamados agora de "vestíveis" ou de inteligência subcutânea.

Tania aproveita as histórias de Yandú como ninguém. Ao escutá-las, toda a sua capacidade imaginativa alça voo, seja debaixo de uma árvore, em seu quarto, no meio do bosque de bambu ou sentada ao lado de seus colegas junto à carteira, na sala de aula da escola frequentada pelas crianças e pelos adolescentes da comunidade.

Huáscar se esforça para acompanhar com música cada uma das histórias de Yandú. Para isso, utiliza uma pequena flauta que ele mesmo fez há mais de 15 anos, antes de Tania nascer. Dela emanam lindas melodias, carregadas de toda a aura melancólica típica da música amazônica.

Dessa vez, Yandú fala sobre a relação do bambu com os ianomâmis, uma tribo amazônica ancestral. Segundo os ianomâmis, o bambu surgiu há milhares de anos das penas dos Dinoshis, as duas aves malévolas e assassinas que ameaçavam os homens.

Um ianomâmi teve a coragem de confrontar os Dinoshis no topo da imensa montanha. Ele usou flechas envenenadas com curare para matar os terríveis pássaros gigantes.

As aves agonizaram no ar enquanto batiam as asas. As penas dos Dinoshis se desprenderam e cravaram na terra, e de cada uma delas nasceu um talo de bambu.

Yandú conta que, por isso, os ianomâmis afirmam que seu povo tem a chave do mistério do bambu.

Tania nasceu e cresceu em Mapai, cercada por mitos e lendas amazônicas, sempre de mãos dadas com Yandú e rodeada pelo amor e o cuidado de seu pai e irmãos.

Passa quase todo o tempo ao lado da babá, a mulher misteriosa que chegou muitos anos antes decidida a viver na floresta. Digo que passa "quase o tempo todo ao lado da babá", porque Yandú se afasta da comunidade com frequência, dois ou três dias por mês, e não vai à floresta.

Ela faz valer um direito comum a todos os habitantes de Mapai: o de entrar e sair da vila quando quiserem. Segunda conta, ela viaja de barco pelo Amazonas até Iquitos, uma bela cidade peruana, capital do estado de Loreto.

Huáscar não lhe pergunta aonde vai nem o que faz lá. Tampouco voltou a perguntar de onde veio. Em muitas ocasiões, Kamon, o filho mais velho de Huáscar, acompanha-a em suas viagens. Khalan, o mais novo dos rapazes, nunca sai da comunidade. Sente que é parte indissociável dela. Os dois irmãos são muito parecidos. Baixos e corpulentos como o pai; pele morena com um tom oliváceo, típico dos descendentes de tailandeses; cabelo preto, liso e brilhante. Seus olhos não são puxados, apesar da ascendência asiática por parte de mãe. Da cultura tailandesa, herdaram a amabilidade. Não costumam falar em voz alta, muito menos discutir entre si.

— Kamon também não rejeita Mapai, mas, ao que parece, de tempos em tempos precisa de uma dose de ar contaminado — comenta o pai, meio brincando, meio falando sério. — É bom que seja assim. Que sinta a diferença e escolha por si mesmo — explica Huáscar a Khalan, que manifesta sem ressalvas sua preocupação com as saídas de Kamon.

Quando Yandú viaja a Iquitos, é Tania quem mais sente falta dela. Está perto de completar 15 anos e foi criada todo esse tempo em Mapai, à sombra da babá. A essa altura, a própria Yandú já diz que é mais sua amiga que babá.

Para Tania, Yandú é tão familiar e necessária como a própria sombra do bambu; no entanto, não conhece o seu segredo, que a babá guarda nas profundezas de seu ser. Talvez seu pai saiba, mas ela e seus irmãos não.

Por sorte, quando a babá parte, o bambu está sempre aqui, pensa Tania. *Ele me cerca pela manhã, de tarde e à noite. Sua presença material e espiritual jamais me abandona, mas Yandú, mês após mês, ausenta-se sem dar explicações.*

Além de sentir falta da babá, quando esta viaja, a jovem é tomada pelo medo e por uma sensação de profundo desamparo, ainda que seja muito apegada ao pai, aos irmãos, à floresta e ao bambu.

Quando vê Yandú se afastando, embora a babá garanta diversas vezes que voltará, Tania percebe ainda mais o quanto gosta e precisa dela. Yandú se tornou indispensável para sua vida em Mapai.

Desde pequena ela ouve suas histórias e acompanha Yandú em caminhadas pela floresta — não pelos pontos remotos onde reside o tímido, mas perigoso jaguar, e sim pelas áreas mais próximas e seguras.

"Mas é floresta igual!", costuma dizer Yandú, convencida de que cada centímetro de floresta contém inúmeros perigos e mistérios.

Quando Yandú vai para Iquitos, Tania costuma dormir no quarto do pai. É sábado. A grande maioria dos habitantes de Mapai dorme até tarde nos fins de semana. Mas quando a menina acorda, seu pai já não está no quarto.

Sempre tem o que fazer! — diz a si mesma ao sair da cama. Vai até a janela a fim de respirar o ar da manhã, mas algo chama sua atenção.

É um pequeno baú!

Para diante da mesa do pai e analisa o objeto, ainda incompleto. É como um dos velhos baús que aparecem nas histórias de piratas, mas em miniatura. Tania admira a maestria com a qual está sendo construído. Não há dúvidas de que é obra de seu pai, que já começou a entalhar na tampa do baú o que parece ser uma palavra.

O que será? Talvez um nome? Para quem será? Sobre a mesa, além do baú e do velho computador de Huáscar, repousa também a minúscula flauta.

— Que esquisito, hoje tudo está ao contrário! A flauta sempre fica guardada em uma gaveta e os papéis ficam na mesa.

Junta o pequeno instrumento musical e dá a volta na mesa. Tenta abrir as gavetas, mas estão todas trancadas à chave.

— Não há nenhum papel sobre a mesa e todas as gavetas estão fechadas. — Tania estranha um pouco. — Se apenas Kamon, Khalan e eu entramos no quarto de papai, por que ele trancou tudo? Para que será esse baú?

Deixa a flauta ao lado do pequeno baú outra vez e decide sentir o ar da Amazônia por um momento. Depois tomará um banho e comerá alguma coisa. Então lembra que Yandú não está lá.

— Que saudades do peixe que ela faz! — lamenta Tania.

Mas ela não é a única que sente falta dos pratos requintados de Yandú. Também é o caso de seu pai, seus irmãos e muitas pessoas em Mapai. Seus peixes ficaram famosos pelo aroma e sabor, assim como seus guisados com brotos de bambu.

Yandú diz — e Huáscar confirma — que comer brotos tenros faz muito bem à saúde. Segundo ela, os brotos contêm muitos nutrientes e possuem alta quantidade de fibras e de silício. Este último, segundo afirma a babá (respaldada pelos médicos da comunidade), é um mineral muito recomendável para quem sofre de doenças como artrite, artrose, reumatismo e descalcificação. Huáscar confia cegamente nela. Afinal, Yandú conquistou sua credibilidade.

Com frequência, Tania escuta os conselhos que Yandú dá a seu pai:

— Senhor Huáscar, coma os brotos de bambu e verá que também são bons para a constipação.

Aparentemente, são muito bons mesmo, porque seu pai diz para todo mundo:

— Não existe laxante melhor!

Alguns membros da comunidade, especialmente os gordinhos (que são poucos), comem brotos para emagrecer, porque o alimento contribui para a absorção das gorduras e dos açúcares no corpo. Ao que parece, os médicos de Mapai também pensam assim, porque produzem pílulas que distribuem junto à população.

Ultimamente, Yandú vem se empenhando para que Tania, seu pai e seus irmãos aprendam a comer invertebrados. Kamon e Khalan resistiram em um primeiro momento, fazendo caretas e rindo muito. Hoje, contudo, são os mais dedicados à captura de certas espécies de invertebrados da área, muito apetitosos e nutritivos, de acordo com Huáscar e Yandú.

A babá teve a ideia de comer invertebrados em uma manhã de domingo, quando toda a comunidade descansava de suas obrigações cotidianas. Ela convidou Huáscar, Tania, Khalan e Kamon para darem uma "voltinhazinha" pelas margens do Amazonas a fim de identificar algumas espécies que pudessem fazer parte da dieta dos habitantes de Mapai.

— Aliás, seria maravilhoso aproveitarmos essa bela manhã — observou a babá — para darmos um passeio pelo Amazonas.

Fariam isso a bordo do lindo barco de bambu dotado de um moderno motor solar e de velas, construído pelo velho mestre carpinteiro e agora pilotado por Kamon, seu filho mais velho.

No entanto, a discussão sobre os invertebrados serem saudáveis, ou não, dominou a conversa nas primeiras horas daquela manhã. Gafanhotos, cupins, alguns tipos de tarântulas e vermes podem, segundo Yandú, ser aproveitados e dar mais variedade às refeições locais. Até aquele momento, a base delas era de peixes, carnes, frutas e legumes.

Huáscar apoiou a ideia de Yandú. Tania gosta que seu pai e sua babá estejam quase sempre de acordo. Mas dessa vez não gostou muito, pois suspeitava que aquela convergência de ideias resultaria em um prato de grilos, larvas ou outro inseto exótico da Amazônia à sua frente, como sugerira Kamon.

Embora costumasse falar muito pouco, ou quase nada, sobre sua vida, naquela manhã de domingo ela se entusiasmou com a missão de convencer Tania. Contou suas experiências em restaurantes *gourmet* muito caros cujo público-alvo eram pessoas entomófagas. Tania não entendeu o significado da palavra.

Seu pai explicou que entomofagia é o termo linguístico para designar os seres humanos que comem insetos. Khalan e Kamon, como não podia deixar de ser, fizeram algumas caretas, provocando risadas de Tania.

Yandú contou que morava muito perto desses restaurantes, onde são servidos caldos e saladas de escorpião, formigas na brasa e tacos de larvas de agave, vindas do México, larvas cozidas da China e macarrão com grilos crocantes. Além disso, havia tarântula assada, bolos de ovas de mosca e até biscoitos de vespas, dentre outros pratos.

— Biscoitos de vespas! — exclamou a adolescente, espantada.

Com a ajuda de Yandú, Huáscar explicou aos filhos que a entomofagia era uma prática antiga, porque os insetos e invertebrados em geral são uma fonte importante de proteínas; mas o hábito nunca foi realmente aceito pela dita civilização ocidental.

O velho Huáscar relembrou que não provara insetos durante sua primeira viagem à Tailândia muitos anos antes, quando conheceu a mãe de Kamon e Khalan, mas viu que muitos pratos suculentos de invertebrados deleitavam os nativos e visitantes.

— Enquanto esses alimentos forem servidos no Ocidente apenas em restaurantes especializados, não será criado um hábito de consumo. Se realmente são tão nutritivos, devem fazer parte da dieta normal das pessoas, ser vendidos nos mercados e aparecer nos meios de comunicação, como ocorre com outros produtos, acho eu — explicou Kamon.

— Precisamos nos acostumar a tê-los na mesa desde pequenos. Começar a comer insetos, aranhas e outros tipos de animais depois de adultos não é nada fácil. Para mim, pelo menos, será bem difícil — disse Khalan, completando a fala do irmão.

— Sobretudo, irmãozinho, depois de provar um bom pirarucu assado.

Todos riram do comentário de Kamon.

Em um dado momento da conversa, sentados no lindo barco à vela, Huáscar quase perguntou a Yandú em que cidade ficavam os restaurantes que ela mencionara e onde aqueles pratos maravilhosos eram servidos, mas preferiu ficar em silêncio. Teve medo de romper o encanto daquela manhã maravilhosa ao lado de seus entes mais queridos — dentre eles, é claro, a enigmática Yandú.

Todos estavam sentados na embarcação em pleno Amazonas, rodeados pelo profundo verde-esmeralda da vegetação úmida e o toque de mistério proveniente de um local que sobrevivera aos impulsos insensatos de certos seres humanos, movidos apenas por mesquinhos interesses comerciais.

Tania aproveitava como ninguém os passeios pela floresta. Todos andavam prevenidos, prontos para alertar os demais sobre os animais ao redor, cada ramo desconhecido e cada tronco com espinhos. Chegando ao rio, ficavam maravilhados com a grandeza do Amazonas e de sua enorme corrente fluvial — o grande orgulho da natureza sul-americana. Ao invés de aprisionada, Tania se sentia conquistada pela Amazônia.

— A primeira vez que naveguei em uma embarcação de bambu foi na Tailândia, nas águas do rio Kwai.

— Aquele do filme? — perguntou Kamon.

— Esse mesmo! O filme foi remasterizado tantas vezes e recebeu tantos retoques que hoje parece uma produção atual, mas tem mais de 120 anos.

A Tailândia é um assunto recorrente para Huáscar. Kamon e Khalan têm orgulho por seu pai amar a terra da mãe deles, com uma intensidade comparável à do imenso carinho que dedicou a ela.

O velho líder de Mapai pede aos filhos que desenrolem a vela da sua linda embarcação de bambu, batizada por Kamon de *El Piraña I*, em homenagem aos peixinhos de péssima reputação.

— Kamon e Khalan, peguem os remos para ajudar a vela — ordenou Huáscar, como se fosse o capitão do navio. — Eu me encarrego do timão.

— Içar velas! — exclamou Kamon, fingindo ser um dos memoráveis piratas que cruzavam o mar do Caribe mais de quatrocentos anos antes. Eles adoravam navegar sem os motores movidos à energia solar.

— Não há nada mais bonito do que navegar pelo Amazonas sob o sol da manhã! — exclamou Huáscar. Todos concordaram.

Navegaram muito perto da margem. O *El Piraña I* tentou subir o Amazonas, mas alguns minutos após desprender as velas Kamon se viu forçado a ligar o motor. A corrente contrária impedia o avanço do barco. Além disso, o vento suave estava contra eles.

— Na volta, a favor da corrente, voltaremos a desprender as velas — disse Kamon.

Com o motor ou com a vela, Tania aproveitou o passeio e não deixou de se maravilhar com a beleza da Amazônia, sua floresta espetacular e os diversos animais que abrigava. Apesar do imenso, e às vezes impiedoso, desenvolvimento tecnológico, aqueles recantos naturais conservavam sua grandeza no final do século XXI.

O esforço de organizações internacionais, personalidades e governos das nações amazônicas pela conservação das reservas naturais tiveram resultados positivos, apesar da incompreensão de muitos — sobretudo de caçadores clandestinos e de empresas multinacionais, mais interessados nos lucros que na conservação de um habitat natural tão importante.

Na verdade, a própria vila de Mapai integra uma grande reserva natural protegida pelas leis daquela nação andina. Outro dos deveres de seus habitantes é blindar a floresta da ação de pessoas inescrupulosas.

Tania se entusiasmou, mas também se assombrou com a diversidade de peixes tropicais de água doce, répteis, lontras e aves ruidosas, dentre outros animais. O *tocón negro*, papagaios, periquitos, araras, pica-paus e o famoso aparaçu, que vive apenas nas margens do rio.

Também chamaram sua atenção os simpáticos macacos-aranha, os chamados uacaris, o sagui e o tatu-canastra, os camaleões, as iguanas, a capivara, considerada o maior roedor do mundo, e os enormes crocodilos, com mais de dois metros de comprimento.

Para a tranquilidade de Huáscar, o pequeno radar com o qual o *El Piraña I* estava equipado, capaz de detectar animais de grande porte a até 16 quilômetros de distância, não emitia qualquer ruído. Isso quer dizer que não havia nenhuma onça-pintada, a verdadeira rainha da Amazônia, perambulando nos arredores.

A onça-pintada é um animal estupendo que também se encontra em risco de extinção. Alguns espécimes conseguem chegar aos dois metros de comprimento. Têm a inteligência típica dos felinos, mas não são rápidos, porque suas patas dianteiras são curtas. Seu poder de salto é grandioso e suas mandíbulas, poderosas. A onça-pintada, também conhecida como jaguar, pode matar com um único salto. É bem perigosa!

Navegaram pelo território do peixe-boi, um herbívoro cativante que pode chegar a pesar quatrocentos quilos. Naquela manhã, porém, ele também não quis aparecer. Tudo parecia indicar que Tania tampouco avistaria os botos cor-de-rosa do Amazonas, que só vira uma vez, nem testemunharia a presença esmagadora da sucuri, a temida yacumama, ou mãe d'água.

— Que pena! — lamentou-se a jovem, mas sem perder a alegria.

Aquela manhã de domingo foi inesquecível para todos, mas em especial para Tania, que, nascida e criada naquele ambiente, transformava-se dia após dia e por mérito próprio em uma flor nativa, parte indissolúvel das eternas e cativantes fauna e flora da região.

Após quase uma hora de navegação, Huáscar pediu para voltar, dizendo-se cansado.

— Vocês são jovens, mas eu tenho 84 anos; além disso, ainda que Kamon e Khalan digam que não faço nada, controlar esse timão exige força, e já passou da hora de comer — resmungou em um tom carinhoso.

Yandú foi a primeira a concordar, como sempre. O *El Piraña I* deu um giro, conduzido pela mão experiente do próprio Huáscar, e voltou sua proa na direção do porto de Mapai. Kamon desligou o motor e abriu as velas. A peculiar embarcação de bambu navegava corrente abaixo, disposta, caso lhe fosse permitido, a alcançar a Colômbia, o Brasil ou até mesmo o imenso oceano Atlântico.

Mas eles simplesmente voltaram para casa. O Amazonas, agradecido, entusiasmou-se e os agraciou com um de seus maiores presentes: o espetáculo único dos botos cor-de-rosa. Tania foi a primeira a avistá-los. Claro, era o membro do grupo que mais procurava por eles.

Era um grupo de oito, dez, 15... impossível dizer ao certo a quantidade de botos que se aproximaram do *El Piraña I*. Brincaram ao seu redor e abriram a boca muito perto do barco de bambu, esperando uma retribuição por parte dos tripulantes. A própria Tania cuidou disso, oferecendo todas as iscas naturais que Kamon guardara para sua próxima pescaria.

O boto cor-de-rosa, também conhecido como *tonina*, é um cetáceo único em seu gênero. Não vive apenas no Amazonas, mas também em rios da Bolívia e na bacia do Orinoco. Pode chegar a pesar até 180 quilos. E, pelo que Tania, Yandú, seu pai e seus irmãos puderam ver, alguns adultos machos medem mais de dois metros.

Sua capacidade de manobra e sua velocidade são espantosas, dignas de um espetáculo circense. Saltam, giram, passam debaixo da embarcação com graça e elegância merecedoras de elogios, guinchando e brincando entre si.

— É triste que estejam há tantas décadas ameaçados de extinção! — lamentou Huáscar, também extasiado com o espetáculo improvisado dos cetáceos, apesar do cansaço que sentia.

— Mas eles têm resistido, papai — argumentou Khalan.

— Fico contente de vê-los! — exclamou Tania. — Não vi a sucuri, mas vi os botos.

— Se você vir uma *pachamama*, vai morrer de medo! — zombou Khalan de Tania.

Desfrutaram daquela maravilha da natureza por um bom tempo, mas os botos cor-de-rosa perderam-se nas profundas águas do Amazonas tão depressa quanto haviam aparecido poucos minutos antes de o barco atracar no cais de Mapai.

Desde aquele inesquecível e encantador domingo em família, Yandú, a babá cozinheira e contadora de histórias, elabora de vez em quando seus pratos requintados de invertebrados e répteis. Combina-os com brotos frescos de bambu e outras ervas aromáticas da Amazônia. Pouco a pouco, Tania vai se acostumando a comê-los, mas ainda prefere peixes e vegetais, sobretudo quando temperados por sua querida babá.

Huáscar disse que pediu para voltar, dentre outras razões, porque queria chegar cedo para o almoço.

— Meninos, lembrem-se sempre de que é preciso saber cozinhar se não quiserem comer só frutas e legumes.

O velho repete isso em diversas ocasiões.

No entanto, Tania reparou que ele foi o único do grupo que não comeu quando a hora chegou. O Amazonas abre o apetite de todos, menos de seu pai.

Que estranho!, pensou Tania.

Ultimamente, seu pai repetia com muita frequência que estava cansado e já não comia como antes, nem mesmo os manjares preparados por Yandú.

— Tania, caminhei muito por esse mundo. Acho que já está na hora de descansar.

Ele repetia bastante essa frase. Sentava-se em sua tradicional cadeira de bambu e começava a tocar sua flauta, feita de uma espécie muito fina e sonora da planta. Quase sempre interpretava três melodias. Depois ia para o quarto no terceiro andar do palácio de bambu, deitava-se em sua cama e dormia... dormia muito.

A inocência dos 14 anos forja a ideia equivocada de que os pais são eternos. Tania, mimada como uma princesa do bambu por Huáscar, chegou a acreditar que a morte era algo muito distante e se esquecera de que ela mesma era um de seus resultados diretos.

A VÍTIMA DO YACURUNA

Vários dias após a maravilhosa viagem, cumpridas as tarefas do dia, Tania e Yandú caminharam certa tarde pelos arredores de Mapai, como costumavam fazer. Andavam protegidas pela sombra do bambu na chamada área de segurança — uma área ao redor da comunidade protegida permanentemente por um sistema eletrônico de ondas sonoras e radiofrequências.

Os animais mais desobedientes eram os insetos, mas os mais perigosos, como os mosquitos e moscas transmissores de doenças que ainda não haviam sido erradicadas naquelas paragens tão isoladas, eram afugentados pelas vibrações sonoras, para a sorte de todos.

A brisa forte e úmida completava o trabalho dos pequenos aparatos "afugentadores de predadores" inventados pela inteligência humana muitos anos antes, mas que continuavam muito eficazes.

— Por mais dispositivos que inventem, nada será melhor para afugentar insetos que a boa brisa amazônica, como dizia minha avó — comentou Yandú.

— Vai chover a qualquer momento — alertou Tania.

— Ficaremos atentas.

A babá parou, pegou uma pequena cana de bambu e sentou em uma pedra enorme, aparentemente disposta a conversar.

Tania fez o mesmo de bom grado, pois gostava das conversas com Yandú.

— Sabe que, na China, existe há mais de mil anos um costume de estalar talos de bambu no fogo para afastar os maus espíritos?

— Sim, meu pai falou disso uma vez. Imagino que também afugentariam os mosquitos.

— Não sei, mas é quase certo que sim.

Ambas riram.

— Meu pai disse que o talo do bambu é tão compacto que o ar preso entre cada nó não encontra buracos para sair ao dilatar, e por isso ele explode.

— Tem razão. É por isso que a planta tem esse nome: por causa do ruído que faz ao explodir.

— Bammm buuu! — Tania ergueu a voz e abriu os braços, imitando o barulho da explosão.

— Isso mesmo! — concordou Yandú em meio a risadas.

A jovem não disfarçava o afeto pela mulher que a educa e, na ausência da mãe, cobria-a de cuidados e carinho. Ainda assim, Yandú sempre a intrigara. Tania sabia que ela guardava um mistério. Às vezes, a menina se perguntava o que a babá escondia em seu coração.

Antes de retomar a caminhada, a jovem aproveitou aquele momento íntimo, a sós no meio do bosque de bambu plantado pelos moradores da vila, para tentar descobrir mais sobre a vida da babá.

Tania tinha quase certeza de que seu pai sabia quem Yandú era de verdade e conhecia sua origem, mas ele jamais compartilhara o segredo. Huáscar era incapaz de trair a confiança que depositassem nele.

A adolescente sabia apenas que Yandú vinha de uma família de índios da América. Não era preciso investigar muito para descobrir isso. Sua silhueta esbelta, sua pele bronzeada e seus conhecimentos sobre a Amazônia eram suas peculiaridades.

Tania lembrava de uma ocasião em que conversou com o pai sobre a criação de Mapai, seu nascimento e a morte da mãe. Huáscar contou da chegada de Yandú à vila. Falou sobre o primeiro encontro entre elas e o entusiasmo com que aceitara ser sua babá, pelo que Tania era muito grata. Ela tinha certeza de que, sem sua mae e sem Yandú, nao teria sido fácil para o seu pai criá-la. Ainda mais levando em conta todas as suas responsabilidades no vilarejo. Durante aquela conversa, o pai disse que a recém-chegada cantara uma cantiga em arawak.

Tania pegou outro pedaço de bambu e encarou a babá nos olhos.

— Meu pai contou o segredo que o bambu guarda?

— Claro. Fica em seu interior, no vazio que cobre sua capa vegetal, onde os gases se expandem e não podem escapar quando são aquecidos. De modo que explodem. *Bammm buuu!*

— Meu pai fala muitas vezes desse mistério. Ele diz que, segundo uma crença asiática, no interior da cana as energias negativas se tornam positivas. Sempre diz que a espiritualidade do bambu reside nesse vazio.

— Eu também acredito nisso.

— Uma vez, conversando comigo, ele comparou você ao bambu.

— Eu?

— Sim. Ele me disse que, se havia alguém no vilarejo parecido com o bambu, esse alguém era você.

— Eu?

— Sim, você. Sabe por que, Yandú?

— Por quê? — A babá devolveu rápido a pergunta, mas Tania respondeu com a mesma agilidade.

— Porque ele disse que, assim como o bambu, você guarda um grande segredo dentro de si.

— Grandes ou pequenos, todos nós guardamos segredos.

— Mas o seu é maior que o de todos nós.

A babá observou Tania. Admirou-se pelo tanto que havia crescido. Acreditava que, chegado o momento, precisaria compartilhar o seu segredo com outra pessoa. Ela o contara a Huáscar muitos anos antes, mas apenas uma parte. Fizera isso por respeito, como um sinal de apreço, dada a grande confiança que o guia de Mapai depositara nela.

Tania retomou a fala.

— Posso fazer uma pergunta?

Agora sua voz era tímida. Sabia que tentava se embrenhar nos cantos mais íntimos de uma das pessoas que mais amava.

— Pode perguntar o que quiser — respondeu Yandú, convencida de que era chegado o momento de compartilhar o que carregara consigo por tantos anos.

— Você descende dos arawak?

Tania estava muito longe de ser a garotinha obediente que não fazia perguntas. Agora, era uma adolescente inquieta e inteligente que pretendia conhecer todos os detalhes das pessoas que amava e a rodeavam.

— Não sou descendente direta dos arawak. Mas venho de uma tribo chamada Itahui, que mantém costumes muito parecidos com os deles. Não descarto a ideia de que nossos antepassados tenham sido arawak puros.

— Mas papai me disse que você cantava nesse dialeto.

— Estudei o idioma e aprendi com facilidade. Carrego a cultura arawak em meu sangue.

— Me conte mais sobre os Itahui.

— Nós conseguimos nos manter em isolamento voluntário, nas profundezas da floresta, até os primeiros anos do século XXI.

— Isolamento voluntário! O que é isso? — perguntou Tania, interessada na história que Yandú começava a contar.

— Isolamento voluntário não era mais que uma atitude defensiva, de fuga, que muitas tribos indígenas amazônicas como a nossa adotaram. Consideravam que era melhor e mais seguro se perder na floresta, evitando qualquer contato com o exterior. Nenhum membro tinha interesse em encontros com a chamada cultura moderna.

— Eles tinham medo, né?

— Muito! Dentre outros motivos, porque nosso sistema imunológico não estava preparado para enfrentar uma série de doenças, mesmo as mais simples, que não são mortais. O contato esporádico com pessoas de fora da floresta não foram nada bons.

— Por isso evitavam o contato?

— Sim, dentre outros motivos. Um contato simples com alguém que sofresse de uma doença comum, como uma gripe, poderia pôr em risco toda a tribo. Além disso, nossa comunidade era muito pacífica. Não raro, os encontros geravam incompreensão de ambos os lados, e até atos de violência.

— Essa é uma das grandes vantagens da vida na floresta.

— Nem todos que conseguiram estabelecer contato com a tribo eram violentos ou tinham interesses mesquinhos e sentimentos ruins. Não foi assim. Contudo, muitos eram assim e só pensavam em extrair os recursos naturais da Amazônia para benefício próprio. Ninguém que esteja disposto a destruir a floresta, movido pela mesquinha ganância econômica ou em nome do desenvolvimento, pode ser considerado uma boa pessoa. Esse foi outro motivo fundamental para fugirmos e nos escondermos: não queríamos ser vítimas das más intenções de ninguém.

— Não consigo entender como podem existir pessoas que não pensam no futuro, pensam apenas no agora. Essa é uma das preocupações de papai.

— Li sobre uma comunidade ameríndia em Sidney, muito perto da nossa...

— Em Sidney...? — Tania a interrompe.

— Sim, morei lá por mais de dez anos.

— É muito longe!

— Sim, muito.

— É lá que ficam os famosos restaurantes que você mencionou? Aqueles que servem pratos sofisticados de insetos e invertebrados e não sei mais o quê?

— Lá mesmo, Tania — respondeu Yandú com um sorriso nos lábios. — Agora você tem a oportunidade de contar a seu pai a parte que ele ainda não sabe sobre mim. Além do mais, não é nada de outro mundo. São apenas vivências pessoais.

— Contarei tudo a papai hoje à noite, se você deixar.

— Deixo, sim. Assim, evitamos que eu fique corada. Embora minha pele seja avermelhada, o rubor da vergonha não cai bem em meu rosto.

As duas riram. Ainda que a conversa fosse muito reveladora, sobretudo para Yandú, o ambiente era relaxado e jovial.

— Fale mais sobre a sua tribo.

— Nós, itahuis, perdemos a metade dos membros da tribo poucos meses depois de abrir nossas terras para a exploração petrolífera, na virada do século passado. Muitos não resistiram às doenças, ao estresse e ao rigor da vida na civilização.

— Mas se a sua tribo estava em isolamento voluntário... Como você foi parar em Sidney, na Austrália? É muito longe, Yandú!

Yandú riu da forma como a menina fez a pergunta, mas, acima de tudo, pelo modo exagerado como arregalou os olhos ao reiterar: "É muito longe, Yandú!"

— Sim, muito, Tania! — respondeu com o mesmo exagero. Em seguida, fechou os olhos e apreciou o cheiro do vento que balançava os talos de bambu no pequeno bosque próximo ao palácio de Mapai. Tania estava quieta, permitindo que Yandú desfrutasse da brisa amazônica, a mesma que testemunhara seu nascimento quase cinquenta anos antes.

— Quer que eu conte por que fui para a Austrália? — perguntou, ainda de olhos fechados.

— Claro que sim! Fiquei curiosa.

— Há dois motivos principais, um bom e outro ruim.

— O bom primeiro — sugeriu Tania.

— Amor.

— Amor! — exclamou Tania, arregalando os olhos outra vez.

— Eu me apaixonei por um australiano.

— Que história mais linda e, além de tudo, fácil de acreditar! — exclamou Tania com ironia. Então continuou: — Você se apaixonou por um australiano, no meio da floresta, vivendo em uma tribo isolada, e dali, por mágica, pegou um avião e... pimba!... acabou indo para Sidney.

— Não deboche, sua boba!

Agora é Tania quem ri da expressão de Yandú.

— Yandú, é difícil de acreditar nisso.

— Você vai ver que não. Nasci em 2036. Eu disse antes que o isolamento voluntário se manteve até o começo da década de 2020.

— Então, quando você nasceu, sua tribo já tinha relações com a civilização?

— Já.

— E por que abandonaram o isolamento? Foram forçados?

— Não. Segundo meu pai contou, ninguém forçou a tribo a nada. O encontro com a civilização traz riscos, mas o isolamento voluntário na floresta também. Por exemplo: alguém pode morrer de gripe ao interagir com pessoas que vivem na civilização. Também existe o risco de morrer de doenças perfeitamente curáveis e fáceis de prevenir, se tratadas pela medicina moderna.

— Verdade! Não tinha pensado nisso.

— Não nos relacionávamos com pessoas de fora, mas, como não éramos expostos a nenhum tipo de contágio e não éramos vacinados, as defesas de nossos corpos começaram a se deteriorar ainda mais. Nós nos tornamos seres vulneráveis... A floresta é nobre, mas, para viver nela, não podemos ter cabeça fraca nem corpo vulnerável.

— É o que papai diz.

— Acho que a tribo foi sábia ao abandonar o isolamento e se reconectar novamente com a civilização. Além disso, o desenvolvimento técnico das comunicações, os satélites e todas as outras inovações impediam que o isolamento fosse eficaz. Talvez não fosse possível chegar à tribo por terra, mas ela era constantemente monitorada pelo céu.

— Hoje em dia, é muito difícil, para não dizer impossível, viver isolado do resto do mundo.

— Todos existimos no mesmo planeta. O melhor é viver em civilização, conservando e respeitando as tradições de cada um — argumentou Yandú. — Houve muitos avanços nesse sentido, mas esse continua sendo um problema grave. Alguns dos envolvidos não ajudam muito.

— Nada é perfeito! — sentenciou Tania.

— Os habitantes de Mapai mantêm ótimas relações com os indígenas desta área. Eles até nos ensinam muitos de seus costumes. Eu mesma, embora tenha nascido na Amazônia, aprendo muito com eles.

— Isso é bonito, não é?

— É muito bonito e muito nobre, Tania. As civilizações amazônicas se caracterizam por sua nobreza.

— Você me disse que foi parar na Austrália por dois motivos, um bom e outro ruim. Já contou o bom. Posso saber qual é o ruim?

— Minha ignorância e minha falta de experiência.

— Não entendi.

— Tenho certeza de que, se eu conhecesse alguém como o seu pai naquela época, que abrisse os meus olhos para a filosofia do bambu, não teria agido desse modo. Nasci à sua sombra, mas jamais penetrei em seu interior, nessa espiritualidade de que falamos há pouco.

— Sério?

— Sério! Eu quis voar sem ter asas, ou "quis crescer sem ter raízes profundas", como o bambu antes de buscar o céu. Se conhecesse a fundo a mensagem que seu pai difunde, talvez tivesse agido de outra maneira... Digo "talvez" porque, quando o amor chega, há boas chances de que os sistemas e filosofias de vida se alterem. Mas, insisto, se eu conhecesse a mensagem do bambu, "talvez" não tivesse agido da mesma maneira.

Yandú enfatizou as últimas palavras.

— Ficou deslumbrada com o amor.

— Fiquei deslumbrada com o amor e todas as suas promessas. Certa noite, ele e eu fugimos da tribo. Eu tinha apenas 19 anos.

— Ele! E quem era ele?

A conversa de Tania e Yandú ia muito além das advertências ou conselhos de uma babá. Tornara-se confidencial, adquirira um nível pessoal e extremamente íntimo; um nível acessado apenas por pessoas que compartilham de amizade e carinho profundos.

— Nunca contei isso para ninguém — revelou Yandú, quase sussurrando.

— Conte para mim — pediu Tania.

Em meio à tarde nublada que anunciava chuva, sentada com Tania à sombra do bambu, Yandú se dispôs a revelar seu segredo mais íntimo.

Na maioria das vezes, os segredos pesam muito. Assim, sua revelação proporciona uma dupla satisfação. A primeira por compartilharmos com alguém o mistério para que ele deixe de ser o que sempre foi: um segredo.

O outro prazer vem quando percebemos que encontramos alguém em quem confiar, alguém que nos ama e admira, alguém com a força de vontade necessária para ficar em silêncio e ser nosso confidente. Se essa pessoa nos trai, a dor é muito forte, mas quando confiamos a ela nosso segredo não levamos em conta essa possibilidade. Preferimos nos agarrar à confiança, um sentimento que expande o caminho da espiritualidade dos seres humanos.

— Seu nome era Dainan e ele tinha quase 15 anos a mais que eu.

— Que nome lindo, Dainan!

— É um nome aborígene australiano. Significa "homem de bom coração".

— O significado também é bonito.

— Sim, um significado muito bonito. E Dainan fazia jus ao significado de seu nome. Certa tarde, ele chegou à minha tribo. Integrava uma missão internacional que estudava os costumes de comunidades indígenas americanas, para que fossem respeitados ao máximo quando ocorresse a integração. Eu tinha aprendido a ler e escrever em espanhol e inglês. Fui escolhida pela tribo, quando tinha mais ou menos a sua idade para estudar em Lima. Nossa tribo se adaptou muito rapidamente. Passei quase dois anos em Lima. Concluídos meus estudos, minha tarefa específica era voltar à tribo e preparar seus membros para que fossem incorporados o mais rápido possível ao desenvolvimento econômico da região, especialmente no ramo do turismo. Nossa comunidade voltou a se estabelecer às margens do rio Napo, muito perto do Amazonas. Voltamos ao nosso território natural, onde nossos antepassados viveram durante séculos.

Yandú narrou para Tania seu primeiro encontro com Dainan. Estava esperando por ele, e toda a tribo já havia sido informada de sua chegada. No entanto, achava que se depararia com um homem branco, velho, de olhos verdes. Sabia que era um australiano. Mas quem apareceu na tribo naquele fim de tarde era um homem de pele nem muito branca, nem muito escura. Seu imenso sorriso, sua força física e o fato de que falava sua língua foram os aspectos que mais chamaram a atenção de Yandú. Ela entendia muito bem o que ele dizia — não precisaria falar espanhol ou inglês, conforme havia aprendido em Lima.

— Trabalhamos juntos durante pouco mais de um ano. Ele não fazia aquilo só pela gente, era um antropólogo, e também estudava a vida e os costumes de outras tribos, mas instalou seus equipamentos modernos em um casebre que as pessoas da minha tribo construíram para ele. Passava quase o tempo todo lá dentro, onde recebia e enviava instruções aos diretores de sua organização. Adaptou-se perfeitamente ao nosso estilo de vida.

Yandú contou a Tania que, por motivos de trabalho, as viagens com Dainan a Iquitos se tornaram mais frequentes. Os passeios pelo belo calçadão da cidade, de onde observavam a bucólica paisagem amazônica emoldurada pela corrente do Otaya, ocupavam suas tardes.

Se era possível que um peruano como Huáscar se apaixonasse por uma tailandesa como Narissara, por que seria estranho que uma índia sul-americana como Yandú se apaixonasse por um aborígene australiano como Dainan? Não é impossível ou errado, nem mesmo estranho!

— Certa noite em Iquitos, cometi a loucura de ficar com ele — confessou Yandú.

— Não me diga! — Tania, afinal de contas uma adolescente, ficou muito interessada.

— Foi em um hotel renomado de Iquitos. Depois daquela primeira vez, por mais que tentássemos esconder, descobririam tudo. Eu era comprometida devido a interesses familiares, e não por amor. Minha mão foi oferecida ao filho do irmão do meu pai. É um hábito de muitas tribos, que pretendem assim fortalecer os laços familiares e não se contaminar com o que vem de fora.

— Deixe-me ver se entendi, Yandú. Me ajude que eu fiquei confusa... Você disse filho-do-irmão-de-seu-pai...

Tania começou a pensar, mas Yandú explicou imediatamente.

— Meu primo, filha!

— Ah, sim, seu primo, isso! É que, do jeito que você falou, ficou confuso.

— Por isso falam assim, para não deixar explícita a proximidade de parentesco.

— E... ainda fazem isso?

— Talvez não com tanta frequência, mas, sim, ainda acontece. Leve em conta que, como eu já disse, muitos costumes e tradições dos ameríndios são respeitadas, apesar de sua integração com a civilização ocidental, ou como você quiser chamar. Acho isso certíssimo, embora tenha agido da maneira que agi.

— Então você fugiu com ele e foi parar na Austrália.

— Sim. Certa noite, poucas horas antes de concluir seu trabalho na tribo, Dainan me convidou para "ir ver cangurus".

— No zoológico?

— No começo, foi o que pensei. Mas Dainan queria que eu fosse com ele para seu país.

Yandú ficou um bom tempo em silêncio, como se estivesse escolhendo as próximas palavras com cuidado para que nada soasse errado. Tania entendeu. Também ficou calada, e o ruído profundo da floresta voltou a reinar por alguns instantes.

— Eu concordei. Primeiro porque o amava, e depois porque meus anos em Lima me deixaram deslumbrada. Sentia-me atraída pelas luzes, pelo movimento constante, pela vida em sociedade, pelo ambiente cultural, pelos cinemas e teatros. Para mim, foi um contraste muito forte, apesar de todos os aspectos negativos de viver lá, sobretudo para alguém com apenas 17 anos.

— Meu pai disse que um dia vou conhecer a cidade e poderei fazer essa comparação.

— Tenho certeza que sim. O outro motivo pelo qual aceitei o convite para conhecer cangurus se apoiava na ideia de que descobririam tudo quando eu casasse com meu primo: eu tinha perdido a virgindade. Em nossa tribo, como em muitas outras, esse detalhe é muito importante.

— Ai, que problemão!... Quero dizer, problemão com a tribo, porque, embora Mapai fique na Amazônia, isso nunca foi importante aqui.

— Sim. Eu tinha certeza de que minhas ações levariam a uma ruptura na família. Naquela mesma noite, Dainan falou com seus representantes em Iquitos. Eu tinha os meus papéis em dia desde que estudara em Lima. Deixei uma carta de despedida para meu pai e voei até a Austrália. Um belo país!

— Por que você voltou?

— No começo, tudo correu muito bem. Mas, à medida que o tempo passa, sentimos muita saudade do lugar ao qual realmente pertencemos. Sobretudo se não respiramos seu ar por mais de dez anos.

— Mesmo quando ainda não fincamos raízes.

— Exatamente! Mesmo quando ainda não fincamos raízes, as sementes sempre ficam em nosso coração, e é muito difícil que germinem em um terreno desconhecido. Lamento muito não ter aprendido mais cedo a lição do bambu.

— E Dainan?

— Está lá na Austrália. Ainda trabalha muito pelos direitos de seus povos.

— E o amor?

— Com o passar do tempo, parou de andar de mãos dadas com a loucura. Vi-me sozinha naquele país, que é bonito, mas muito estranho para mim. Não tivemos filhos.

Nesse ponto da conversa, Yandú sentiu mais uma vez a necessidade de ficar em silêncio. Em frações de segundos, passaram por sua mente uma infinidade de lembranças, sobretudo de seus últimos dias em Sidney, a bonita e moderna cidade australiana onde viveu boa parte do tempo que passou naquele país.

— Certo dia, li um romance de Jack London.

Tania se surpreendeu um pouco com a mudança de assunto.

— Jack London! Quem é esse? — A jovem expressou seu desconhecimento com naturalidade.

— Um grande escritor norte-americano.

— Como se chama o livro?

— *O chamado selvagem.* Foi escrito muitos anos atrás. Na tarde em que terminei de ler o livro, lá em Sidney, no meio do outono australiano, abri a enorme janela do quarto, mais de cinquenta metros acima do nível do mar, e entrei no terraço. Lembro perfeitamente da sensação do vento soprando em meu rosto.

Yandú se concentrou, impregnando sua história da mesma teatralidade que demonstrava ao narrar as lendas amazônicas de que Tania tanto gostava. A jovem não se cansava de escutá-la, não perdia nenhuma palavra da babá que se tornara uma amiga e confidente.

Tania reparou que também gostava de sentir o vento no rosto e mergulhou na história de Yandú, especialmente quando ela contou que, fechando os olhos, conseguia se transportar até a pequena colina próxima às casas da tribo, no meio da floresta amazônica...

— As luzes da imensa cidade se apagam todas ao mesmo tempo — disse Yandú...

Está cercada pela noite escura, impenetrável como o granito de sua Amazônia. O ruído incessante — de carros, buzinas, aviões e até mesmo o barulho de uma aeronave ou outra, pronta para atravessar a atmosfera terrestre — subjuga as 24 horas do dia na grande cidade australiana. Lá, do outro lado do mundo, os ruídos se transformam no farfalhar dos ramos, no grasnado dos pássaros, no rugido de bestas selvagens e no chilrear dos insetos... O cheiro da cidade, que vem sempre acompanhado de ferrugem negra, muitas vezes imperceptível, mas não por isso menos perigoso, desprende-se do aroma úmido repleto de flores e folhas que domina a descida da pequena colina...

É nesse momento que vem à sua mente, com toda a sua intensidade, o cão Buck, o imenso animal protagonista do romance mais convincente que leu desde que mora em Sidney. O mais atraente porque, à exceção da atmosfera soturna e saturada de violência extrema que sempre o cercou, esse animal é o personagem com o qual ela mais se identifica. Lembra-se de um belo fragmento literário de London, que releu diversas vezes. É a descrição do momento em que o cão, já sem dono ou laços humanos, decide voltar ao seu habitat, por mais selvagem que possa ser.

Dizem que os ameríndios têm uma memória prodigiosa e jamais se esquecem daquilo que decidem lembrar para sempre. Yandú respira fundo, como se estivesse se preparando para um exercício de meditação. Visualiza linha por linha, palavra por palavra, aquela cena escrita há mais de duzentos anos, uma eterna prova de que o belo, quando toca o coração, jamais é descartado:

> *Pouco a pouco, o cão Buck percebe que os uivos vão se tornando mais claros e próximos. Mais uma vez, o animal soube que já os havia escutado no outro mundo que ainda vivia em sua memória. Buck caminhou até o centro da clareira do bosque e escutou. Era o chamado, o chamado que tantas vezes ouvira. O chamado da natureza, que agora soava mais atraente e imperativo do que nunca. E mais do*

que nunca, Buck estava disposto a obedecer. Seu dono estava morto, sua última ligação com os seres humanos havia se rompido. Não era mais refreado nem pelo homem, nem por seus laços... Embora soubesse que precisaria encarar a matilha de lobos raivosos e famintos que se aproximava feito uma avalanche de sombras prateadas sob o luar... Buck correu atrás do chamado.

Pobre Buck!, *pensou Yandú após reler mentalmente a passagem do romance de London.* Comparada a você, sou um ser feliz. Minhas raízes não foram violentamente arrancadas, não tenho uma matilha de lobos furiosos e famintos à espreita e nunca tive um amo. Só fui motivada por um amor agora distante, mas não morto. Se, apesar disso tudo, você foi capaz de escutar o chamado e voltar, por que eu não poderia fazer o mesmo?

Abriu os olhos e voltou a se ver em Sidney. Deixou o terraço a mais de cinquenta metros de altura. Entrou em seu quarto, colocou alguns pertences em uma mala, verificou seus documentos e saiu. Dez horas mais tarde, aterrissava em Iquitos...

Mais do que escutar, Tania viveu a história com toda a sua intensidade. Contudo, sua curiosidade de adolescente foi um estímulo para novas perguntas.

— Seu pai respondeu à sua mensagem? Como ele encarou sua partida?

— Quando já estava em Sidney, recebi sua resposta através dos próprios representantes de Dainan.

— O que ele disse?

Àquela altura da conversa, Yandú parecia fraquejar. Suas palavras saíam entrecortadas.

— Foi uma resposta dura!

Por um momento, Tania teve a impressão de que sua babá começaria a chorar.

— Se não quiser, não precisa responder. Desculpas, não queria te deixar triste.

— Não, não fiquei triste, pelo contrário.

Yandú se recompôs. A adolescente sentiu um alívio profundo.

— Agradeço por você me deixar contar tudo isso. — Yandú ficou em silêncio por um instante. — Meu pai só escreveu: "Nunca mais volte. Para a nossa tribo, você jaz nas profundezas do rio. É mais uma vítima do Yacuruna."

— O que é Yacuruna? — perguntou Tania com receio.

Quem respondeu foi a natureza. Uma trovoada bem próxima, um estampido poderoso e ensurdecedor, lembrou as duas de que a tempestade despejaria toda a sua fúria amazônica a qualquer momento. Sentadas entre as imensas varas de bambu e imersas na conversa, as duas não haviam percebido que o céu estava escuro àquela hora da tarde.

O vento soprava mais rápido e úmido. Os animais buscavam abrigo. Até a intrépida onça-pintada desaparecera, pois não gostava de trovões e relâmpagos. Seu olfato felino anunciava que uma tempestade se aproximava. E não uma qualquer, mas o fenômeno intenso que ocorre na Amazônia entre os meses de dezembro e abril.

— Corra, se não vamos nos molhar — afirmou Yandú.

Mais do que uma fuga, para Tania aquela corrida foi uma diversão. Sentia-se livre, curtia as primeiras gotas que molhavam seu rosto. As duas atravessaram os quintais de várias casas e, por fim, chegaram ao palácio de bambu. Assim que passaram pela porta, outro trovão ecoou atrás delas. A chuva chegou densa e acompanhada por trovões. Yandú percebeu que, aparentemente, Tania pretendia ficar na porta observando a tempestade, mas puxou a menina pela mão e obrigou-a a entrar no saguão.

HUÁSCAR E A MORTE

Estamos em outra tarde fresca e tranquila de domingo, apenas algumas semanas após o inesquecível passeio da família pelo Amazonas e de Yandú ter revelado parte de seu segredo. Tania entra no quarto de seu pai e caminha até a varanda. Hoje, parece gostar ainda mais da mulher contratada para criá-la e educá-la. Mais que dias de descanso, os domingos sem ela são um fardo pesado de tédio, muito embora ela se dê bem com os vizinhos e colegas.

Yandú voltou a deixar a comunidade. Disse apenas que iria a Iquitos acompanhada por Kamon.

Por que Kamon sempre viaja com ela?, Tania, como qualquer adolescente perspicaz, começava a tirar conclusões.

É estranho que papai nunca tenha perguntado. Será que ele perguntou e eu não fiquei sabendo? Quando Yandú me contou seu segredo naquele dia, eu devia ter perguntado isso; mas a verdade é que me entusiasmei com sua história e me esqueci. É estranho, muito estranho!

Tania desvia o olhar e observa seu pai, que dorme tranquilamente. Entra no quarto e se aproxima da cama. Aparentemente, ele está lendo um livro sobre monges tibetanos. Tania percebeu que, durante a leitura, Huáscar costuma anotar frases, provérbios e pensamentos "bonitos e interessantes" que encontra nos textos. Dessa vez, não é diferente. Curiosa, Tania pega o livro fechado que repousa sobre o peito de Huáscar e lê suas anotações.

Percebe que seu pai só escreveu duas frases. Lê a primeira: "A morte é uma parte natural da vida que, cedo ou tarde, todos devemos encarar."[1]

Tania estremece.

Talvez seja interessante, mas não tem nada de bonito! Não gostei da frase, pensa, e constata que o autor é um senhor chamado Dalai Lama.

Tania ainda não imagina que, quando for mais velha, beberá da obra do famoso guia espiritual tibetano, que se tornaria um de seus pensadores favoritos. Naquele dia, ela o rejeita. Suas palavras levam a adolescente a abandonar pela primeira vez a certeza de que pais são eternos.

Ela sente um ligeiro tremor nas mãos. Movida por um impulso, toca o peito do pai. Huáscar não percebe, está em um sono profundo. Ela se tranquiliza ao perceber que ele respira lentamente, mas estranha a ausência dos roncos que provocam risadas dela e de seus irmãos.

Só está descansando das tarefas diárias. Não "por já ter andado muito por esse mundo", como diz às vezes, pensa a adolescente. Respira com serenidade e se acalma, mas a partir desse exato momento passará a pensar na morte não como um evento distante, mas como uma realidade que cerca todos nós, inclusive nossos pais. Bem que você faz, Tania!

"Durma pensando na morte e acorde pensando que a vida é curta."

Lê duas vezes essa outra frase que seu pai escreveu no papel. Não está creditada, ninguém é responsabilizado por essas palavras, das quais ela também não gosta. Mas Tania pondera que, se foram escritas por seu pai, devem conter uma grande verdade.

"Se não é do Dalai Lama, deve ser um provérbio anônimo", conclui Tania.

Com cuidado e receio de despertá-lo, coloca a folha dentro do livro outra vez e deixa-o não sobre o peito do pai, mas em cima do criado-mudo. Então, retorna à varanda do terceiro andar do palácio de bambu para respirar o ar amazônico, escutar os sussurros e chilreios dos animais e contemplar Mapai do alto. Ela ama o desenho harmonioso e geométrico do vilarejo, e aprecia a paisagem.

— Como amo Mapai! — exclama em voz baixa. Recosta-se em uma das grades do terraço e se deleita observando os jardins que dominam a praça interior e envolvem a escola. Gostaria de ver a vila do alto, a bordo de uma das aeronaves que cruzam o céu amazônico com frequência.

— A paisagem deve ser uma maravilha!

O que ela mais admira é o design dos canteiros; são quase perfeitos. Caminhos estreitos de pedra se abrem entre eles e levam até a porta da escola, cujo interior é dominado 24 horas por dia pela mistura requintada de aromas exalados pelas flores.

Tania aprecia a enorme variedade de orquídeas e bromélias que lembram abacaxis desenhados; também gosta dos flamboyants, da orquídea chuva-de-ouro e até mesmo das plantas carnívoras que, além de servirem de enfeite, consomem um bom número de insetos. Também há flores mais conhecidas, vindas de fora da Amazônia, como rosas, cravos e margaridas.

O mesmo sistema hidráulico de bambu que abastece Mapai de água e se estende por vários quilômetros, entre manancial e a pracinha central, é responsável pela irrigação daquele belo jardim. Quando sofrem, não é por falta d'água, mas por excesso, sobretudo na época mais chuvosa do ano, entre dezembro e março. Tania decide que, além de apreciá-la, vai fazer parte da paisagem. Tira os sapatos e corre pela escadaria de bambu. Ao chegar à clareira, abre os braços, fecha os olhos e respira com força, como se quisesse que o ar amazônico abençoasse cada parte de seu corpo.

Huáscar acorda no meio da madrugada e acende a luz. Apesar do cansaço, que ele percebe aumentar com o passar dos dias, caminha devagarinho até a escrivaninha onde estão seu velho computador, um sistema de vídeo holográfico (tecnologicamente ultrapassado, mas que ainda funciona "muito bem"), alguns livros, seu material de escritório, vários documentos, um pequeno baú e sua pequenina flauta de bambu.

O velho líder de Mapai percebe com preocupação que tem cada vez mais dificuldade para respirar, apesar do ambiente saudável proporcionado pela floresta amazônica, o indiscutível "pulmão do planeta", e das indicações médicas que segue rigorosamente.

Senta em sua cadeira austera diante da escrivaninha e segura a pequena e velha flauta, a mesma que usa para tocar suas nostálgicas melodias amazônicas quando acompanha as fábulas narradas por Yandú. Apesar de sua idade, o instrumento está reluzente. Huáscar costuma limpar e polir a flauta todos os dias. Não mede mais que 15 centímetros.

Abre um minúsculo baú, também de bambu, mas recém-construído, lixado e polido. Uma obra de arte digna de um carpinteiro como ele. Sua tampa tem as cinco letras que formam o nome de Tania entalhadas em baixo-relevo. Um pouco maior que a flauta, o bauzinho não tem mais que 16 ou 17 centímetros.

O arquiteto, carpinteiro e líder da comunidade de Mapai embrulha o pequeno instrumento musical com um retalho de tecido vermelho, tingido — é claro — com corantes naturais da floresta. Abre o baú e guarda o embrulho em seu interior. Faz isso com cuidado e até mesmo carinho.

Fecha-o de novo. É muito parecido com um porta-joias. Tranca a tampa com o pequeno ferrolho de metal dourado. Em seguida, deixa-o no canto de sua mesa de trabalho. Com ar nostálgico, observa o baú por alguns minutos.

Instantes depois, Huáscar volta sua atenção para um documento de duas páginas que repousa sobre a mesa. Não é de bambu, mas de fibra vegetal — a mesma utilizada pelos especialistas de Mapai na produção de papel para a escola da comunidade.

As duas páginas escritas a mão exibem uma caligrafia muito bem desenhada e perfeitamente legível. Huáscar gasta apenas alguns segundos com as folhas, o bastante para conferir o título: "Meu legado: o segredo do bambu." Enrola as páginas e prende-as com um cordão fino, também vermelho. Coloca-as ao lado do baú que contém a flauta.

Ele confere seu equipamento holográfico. Dizem que está obsoleto, mas é muito eficiente, afirma o velho líder de Mapai. Trabalha com um sistema de prismas e raios *laser* já em desuso, mas Huáscar o mantém no escritório. Está com ele há muitos anos e nunca deu problema. Checa o mecanismo do equipamento e repassa o material gravado em sua memória interna.

— Yandú sabe o que precisa fazer quando acontecer o inevitável.

Não é apenas um pensamento, fala isso em voz baixa, mas firme. Acomoda-se na cadeira dura de bambu. Em seguida, abre as gavetas da escrivaninha e pega várias pastas, também antiquadas, e analisa e organiza os papéis.

Satisfeito, guarda todas as pastas de volta e fecha a gaveta. Huáscar não costuma armazenar seus escritos ou documentos em nenhum tipo de memória eletrônica. Não que desconfie da tecnologia, mas diz que sua gaveta não corre o risco de invasões hacker.

Os sistemas de segurança do fim do século XXI são muito sofisticados, mas aqueles que se dedicam à bisbilhotice eletrônica, seja qual for sua motivação, também desenvolveram seus métodos. Nunca ficam para trás. Sempre existe o risco de ser vítima de suas más intenções.

Contudo, Huáscar não renega a tecnologia moderna. Utiliza-a sempre que julga necessário. Um exemplo é a gravação do vídeo holográfico que revê agora, intitulado *Meu legado: o segredo do bambu*. Considera imprescindível armazenar o documento em formato eletrônico. Mas acredita que não há mal em guardar o que escreveu de próprio punho, o mesmo que lê na gravação, bem como uma cópia do vídeo.

Outro documento importante que analisa nessa madrugada é sua biografia, um livro que acabou de escrever algumas horas atrás e já guardou em seu computador.

Depois de revisar dezenas de documentos gravados e escritos, dentre os quais há crônicas que atestam suas aptidões jornalísticas, o velho líder de Mapai, embora consumado pela fadiga que o consome, centra suas atenções na tela do computador. Sua intenção é fazer o que os escritores chamam de dar uma "última olhadinha" no livro. Não escreve nada, apenas revisa por cima o texto de mais de duzentas páginas. Faz isso depressa, aparentemente apenas para dar um visto final. É um trabalho que exigiu anos e foi corrigido pouco a pouco, conforme ele escrevia.

— Está pronto! — diz, satisfeito. — Cheguei a pensar que não conseguiria terminá-lo, que meu coração não me permitiria concluir a tarefa, mas consegui.

Sente um imenso alívio, como quem alivia um fardo que carregava sobre os ombros. Está feliz; realizou um de seus grandes sonhos.

— Só falta o título... O título!

Ajeita-se pela segunda ou terceira vez em sua cadeira dura. Com um simples movimento das pálpebras, as páginas sobem e descem no monitor. Tenta encontrar uma palavra, frase ou uma simples ideia que ofereça uma pista para o título da obra.

— Um título... um título!

Ordena ao computador que volte ao início do livro, à primeira página. Obediente, a incrível — embora antiga — criação humana mostra em frações de segundo as linhas de abertura de seu manifesto literário.

— Não é nada fácil dar um nome à obra que resume sua vida em apenas duzentas páginas — pensa.

Vasculha outra vez as páginas de cima para baixo. Apesar do cansaço e da respiração entrecortada, seu prazer é imenso. Acaba de terminar um dos grandes compromissos de sua vida: escrever um livro. Lembra do que sua mãe dizia: "Huáscar, se quiser que sua vida tenha um sentido verdadeiro, precisa plantar uma árvore, ter filhos e escrever um livro."

— Não consigo nem imaginar quantas árvores plantei. Só pés de bambu foram mais de mil! Tenho três filhos... e aqui está meu livro. Estou em dia com seu conselho, mãe!

Huáscar sente um imenso prazer nesse momento!

Além disso, pelos seus critérios, não escreveu um livro qualquer. Na obra, ele reflete sobre suas experiências e sua transformação como ser humano, sempre disposto a fazer o bem, ainda que para isso tenha sentido a necessidade de retornar à natureza, ao que há de mais simples.

É a história de um homem que luta por seus sonhos, que sabe se reerguer depois de cada revés e que, apesar de todos os golpes da vida, jamais aceita o fracasso como ponto final. Um ser humano que amou veementemente suas duas esposas e agora ama com o mesmo ímpeto seus três filhos, a Amazônia e seu projeto de vida: Mapai.

Em seu livro, Huáscar defende com paixão e absoluta clareza o Projeto Mapai. Reitera que não é uma negação da civilização, muito menos uma atitude hostil contra os avanços tecnológicos que marcam os caminhos da existência humana no fim do século XXI. Pelo contrário. Ele deixa isso bem claro.

Sente que é necessário explicar isso quantas vezes for necessário, pois seu Projeto Mapai pode ser mal interpretado por muitos e deturpado por outros. Na verdade, isso já aconteceu.

Ele se esmera em demonstrar como essa comunidade não é uma criação de loucos ou imbecis, tampouco de fundamentalistas que lançam dardos envenenados contra os avanços sociais e técnicos advindos da paixão e das mentes humanas, como alguns detratores querem dar a entender.

Nem a mais bela obra escapa das garras das más intenções!, pensa Huáscar. *Mas as más intenções devem ser enfrentadas com convicção, entusiasmo, otimismo e uma atitude mental positiva. Elas não podem nos amedrontar, muito menos nos deter.*

Ele sempre se considerou um ser guiado por uma atitude mental positiva. Afirma isso nas páginas de seu livro. Inclusive, a conclusão de sua obra literária é resultado dessa atitude mental que sempre o dominou, apesar dos maus bocados que enfrentou na vida.

"Quando somos dominados por uma atitude mental positiva", escreve Huáscar, "todos os nossos projetos repousam na sombra do possível; basta saber exatamente o que queremos e ir atrás com inteligência e dedicação."

"A atitude mental positiva", segue escrevendo, "não atrai sozinha o sucesso e a felicidade, mas é imprescindível para enfrentarmos a vida e realizar nossos sonhos. A atitude de um ser humano é o seu modo de agir, o elemento que define sua conduta. Por isso, quando agimos com uma mentalidade positiva, nós nos tornamos otimistas, confiantes e seguros de nossos propósitos. Em vez de medo, temos a convicção de que superaremos qualquer obstáculo que a vida oferecer." Ele desvia os olhos da tela do computador e se regozija.

— Mapai está aqui! Nada nem ninguém foi capaz de deter nossa ideia, porque estávamos convencidos de que podíamos torná-la realidade. E foi o que fizemos.

Em outra parte de seu livro, Huáscar salienta que Mapai só deseja mostrar ao mundo que nada é mais nocivo que se perder em um labirinto de tecnologia. Alega que, embora vivamos em um mundo globalizado e ultradesenvolvido, é sempre bom viver na simplicidade e prestar respeito ao nosso ponto de partida: a natureza.

Explica com sinceridade e amor os seus motivos para adorar o bambu e mostra como essa planta, que considera uma obra-prima de Deus ou da natureza, serve de inspiração para ele, sobretudo em termos espirituais, mas também por suas utilidades.

Escreve como descobriu o segredo do bambu e conseguiu adotá-lo como filosofia de vida. Define o segredo do bambu e onde pode ser encontrado, conforme seu ponto de vista.

Indica como surgiram, na bela e longínqua Tailândia, as primeiras ideias que deram forma ao Projeto Mapai. Como brotaram em um momento terrível e doloroso: a morte de sua primeira esposa. A partir desse episódio, Huáscar já se considerava uma pessoa marcada pela morte, embora sua trajetória possa ser considerada uma ode à vida.

Primeiro foi a morte prematura de seus pais quando ainda era jovem; logo depois, a linda e inteligente Narissara, mãe de Kamon e Khalan; a esposa cujas ideias baseadas na infinita espiritualidade do bambu o transportaram para além das concepções utilitárias e profissionais da nobre planta. Foram essas concepções que o levaram a visitar a exótica Tailândia quase sessenta anos atrás.

Huáscar também se lembra da tarde em que Sabrina morreu durante o parto. A mãe de Tania era outra mulher extraordinária que apoiava seu projeto incondicionalmente e foi uma das arquitetas de Mapai. Foi por iniciativa dela que escolheram precisamente aquele ponto remoto da Amazônia peruana para a vila.

Sabrina demonstrou sua grandeza quando se dispôs, sem objeções, a priorizar a vida do rebento que ainda levava em seu ventre, mesmo que isso implicasse sacrificar sua própria existência.

Huáscar valoriza as duas mulheres no livro, repleto de declarações de amor e agradecimentos. Narra suas aventuras de pai solitário, dedicado à realização de seus sonhos; otimista, sem jamais se dar por vencido, seja pela morte que o rondou desde sempre ou pelas dificuldades cotidianas que todo ser humano deve enfrentar, sempre disposto a satisfazer seus desejos através de paciência, vontade e amor.

Contudo, Huáscar está convencido de que seu coração já bateu o suficiente. Sente que o órgão está cansado, embora lute para conservar sua vida, como se o próprio coração soubesse que é essencial. É por isso que se dedica nessa madrugada a organizar papéis e revisar ideias. A morte o ronda desde sempre. Ela chegará a qualquer momento, atraída pela brisa da Amazônia.

Preciso fazer isso logo, não posso esperar muito, pensa.

Sabe que não tem muito tempo. Huáscar não duvida disso, sua respiração entrecortada lhe traz maus augúrios. Os remédios naturais da Amazônia estenderam muito sua vida, assim como outros remédios convencionais que em nada contradizem seus valores naturalistas e éticos, mas...

Às vezes, 84 anos de trabalho constante são demais até para a própria natureza, pensa o velho líder.

Não está mais se coçando. Apenas passa a mão pela cabeça, percebendo que é dominado pela impaciência.

A conversa com Tania me preocupa. Pode ser traumática para ela, não é fácil conversar com uma adolescente sobre a morte de sua mãe e a proximidade da morte do pai.

Em conversas anteriores com sua filha, Huáscar deu pistas de seu delicado estado de saúde para prepará-la. Sempre que pode ele diz:

— Querida filha, já está na hora de eu descansar da caminhada pela vida.

Às vezes ela sorri ao ouvir isso, incrédula em sua inocência.

Vai ser uma conversa muito difícil, mas essencial! De repente, seus pensamentos são dominados outra vez pelo livro ainda sem título. Uma grande obra ainda sem nome! Sua mente paira de um assunto a outro sem rumo aparente. Huáscar começa a lutar contra certa letargia, sentindo-se no epicentro de uma volúvel irrealidade onírica. *Não é nada fácil dar um título para um livro desses! É resumir uma vida em no máximo três palavras.*

Fica obcecado. Quase uma dúzia de termos importantes para ele passam por sua mente. *Vida, bambu, amor, morte, floresta, Amazônia, Mapai, Mapai, Mapai...*

Repete várias vezes o nome da comunidade. Lembra-se do quanto gostava de ouvir a palavra pronunciada pelos tailandeses, de sua facilidade ao dizê-la.

Para falar a verdade, pensa Huáscar, *"mapai" não é a pronúncia de "bambu". O som não é exatamente assim. A fonética tailandesa encaixa, ao que parece, um "t" depois do "p". Alguma coisa como "maptai"... Ora, isso dificulta muito a pronúncia para quem fala outra língua!*

Relembra uma ocasião em que a própria Narissara sugeriu:

— Elimine o "t", vou entender de qualquer forma. Fica mais fácil e a compreensão é a mesma.

Foi com essa demonstração de doçura, compreensão e afeto que surgiu "mapai", a palavra que se tornou o símbolo de sua vida.

Seus pensamentos se desintegram nesse momento, escapando de sua mente e se entrelaçando uns aos outros. Narissara, Tailândia, o bambu e até a palavra "mapai" se esvaem como um sopro. Ainda sentado na cadeira desconfortável diante de seu computador, Huáscar percebe que está se desprendendo da realidade. É tomado por uma sensação agradável e até certo ponto confortável, ainda que sua visão esteja turva... Não entende como, guiadas pelas profundezas de seu inconsciente, doutrinas profundas do Dalai Lama relacionadas à morte afloram inesperadamente. Dominado pela sonolência, recita para si mesmo as ideias do líder tibetano, citando-as quase textualmente:

"O instante real da morte é também a ocasião em que podem se apresentar as experiências interiores mais profundas e benéficas. Mediante a repetida familiarização com os processos da morte através da meditação, um meditador experiente pode aproveitá-la para alcançar uma grande realização espiritual."[2]

Huáscar se entrega à letargia.

Parece que estou pegando no sono em meio a pensamentos, pensa com seus botões. Agora sim, sua cabeça está coçando. *Mas... como Dalai Lama é sábio a respeito da morte e espiritualidade! Fico orgulhoso ao pensar que a espiritualidade e o amor sempre fizeram parte de minha vida.*

Curte o momento, tem a sensação de respirar com mais facilidade.

Bendita Amazônia!, pensa.

Levanta-se, caminha lentamente até sua cama. *Em momentos como esse, o melhor é voltar para a cama e descansar. Amanhã, com as ideias mais claras, certamente aparecerá um título para o livro, o que agora parece impossível. Mas certamente vou usar a palavra "mapai"... é cheia de significado...*

Caminha devagar. Seus passos, descoordenados como seus pensamentos, conduzem seu corpo até a cama. Tem certeza de que encontrará um título quando despertar. Sabe que o nascer do sol servirá de inspiração.

O velho Huáscar se cobre com um cobertor fino. As paredes de bambu são um isolante térmico quase perfeito, mas hoje está muito difícil suportar o frio. A brisa noturna da Amazônia soprou a noite inteira. Seu quarto no andar superior do palácio de Mapai está gelado, apesar da proteção do bambu. Parece que o quarto está congelando...

Está muito frio! Huáscar treme na cama. Cobre-se até o queixo. Um tremor leve, mas constante, atravessa seu corpo. *Que noite fria!*

Pega outro cobertor, mais grosso, e também se cobre com ele. Após alguns instantes, sente um calor aprazível. O tremor leve, mas desagradável, desaparece.

Lembra-se de outra noite fria, na sua querida Tailândia, quando Narissara começou a sentir tremores semelhantes. Kamon e Khalan eram muito jovens... Os tremores de Narissara não vinham da baixa temperatura nem do vento frio que entrava pelas janelas. Eram causados pela febre, uma reação esperada à contaminação por um vírus mutante e perigoso, alimentado e fortalecido durante anos em um ambiente purulento. Um vírus quase imune e invencível, apesar dos avanços médicos. Não puderam fazer nada. Nem mesmo os mais avançados medicamentos, naturais ou alopáticos, foram capazes de vencê-lo.

Aquele momento doloroso convenceu ainda mais sua mente, seu coração e seu espírito da importância de mostrar ao mundo a necessidade de um esforço conjunto para eliminar ou reduzir ao máximo os riscos de contaminação causados pelo desenvolvimento tecnológico exacerbado, fruto impuro da cegueira e da ambição humanas.

Em meio aos golpes da dura realidade surgiu a ideia de criar uma vila, uma comunidade, uma congregação, ou como queiram chamar, que demonstrasse ao mundo a possibilidade de viver em harmonia com a natureza e ressaltar que não havia nada de positivo em uma existência consumida pelo materialismo exacerbado em um planeta onde a tecnologia, mais do que contribuir para a felicidade e o bem-estar de seus habitantes, escravizava a todos.

O planeta Terra sofre os estragos do aquecimento global e da contaminação dos rios e oceanos. As cidades se tornaram verdadeiros desertos, a natureza foi saqueada e destruída com consequências nefastas. Narissara era uma vítima dentre muitas.

Ele construiria o vilarejo em um lugar emblemático por sua resistência às ambições escusas da espécie humana. Seria uma homenagem à sua falecida esposa. Pediria a ajuda de muitos que pensavam como ele. Não poderia ser um projeto individual, precisaria nascer da coletividade, como o bambu, a planta que a partir de então se tornaria sua fonte principal de sustento espiritual e material. Essa foi a gênese de Mapai, seu grande sonho. Uma grande mensagem de amor e vida para a espécie humana. Agora, seu arquiteto estava sendo consumido...

Eu consegui! Que orgulho! Nessa noite, tudo vibra no cérebro de Huáscar. Apesar dos cobertores, sente outro ligeiro tremor. O agradável calor do qual desfrutara por alguns minutos o abandona. Tenta se concentrar para dormir, mas não consegue.

Esse mal-estar todo é por causa da minha preocupação com o título do bendito livro!

Sem querer, outras preocupações voltam à tona.

Já escrevi meu legado e Yandú sabe onde encontrá-lo. Só ela conhece minha situação. Bendita Yandú! Apenas uma mulher como ela é capaz de fazer o que fez... As coisas também estão preparadas para Tania. Tudo está em ordem. Agora, preciso dormir.

Mas ele não controla mais sua mente, embora comece a sentir no corpo um calor gostoso outra vez. Percebe que é arrastado por caminhos desconhecidos, envolvido por uma sensação cômoda de luz e felicidade impossível de descrever. Sua respiração fica muito, muito leve. Pelo menos é o que parece. Em uma bênção suprema, surgem diante dele os rostos mais próximos e queridos. Alguns se despedem com lágrimas: Tania, Khalan, Kamon, Yandú, seus amigos e seus companheiros de Mapai — aqueles que compartilharam seu sonho. É recebido por outros com sorrisos: seus pais, Narissara, a valente e querida Sabrina, amigos e companheiros que compartilharam de seus desejos em outras épocas.

Huáscar parte como sempre quis: tranquilo e em paz consigo mesmo, como dizem que morreu Tolstói, embora não esteja em uma estepe coberta de neve, mas em meio à madrugada fria e úmida com o aroma de sua adorada Amazônia. O mesmo cheiro úmido e frio que testemunhou seu nascimento 84 anos antes.

Ainda tem tempo de lembrar, de maneira fugaz, sua infância feliz, seus amores adolescentes e os versos de Neruda e Benedetti. Gostaria de recitar alguns em voz alta, mas não consegue. Vislumbra momentos cruciais, como o nascimento dos três filhos, sua primeira grande obra como mestre carpinteiro elaborada com bambu, os primeiros dias de Mapai... Inúmeras cenas de sua existência se sucedem como em uma extrema-unção divina, ou como se fizessem parte da última meditação de sua vida, realçando sua realização espiritual, como salienta o Dalai Lama. Os anos de vida por fim escapam... sua respiração se dilui... como era seu desejo... em meio à perfumada brisa amazônica.

A morte recebe Huáscar no alto, com um abraço. Por que não? Ela também agradece pelo bom trabalho de sua vida.

A natureza não sente ciúmes como os homens, não sente ódio nem medo... Não obstrui o caminho de ninguém, pois não teme ninguém.

— JOSÉ MARTÍ[3]

CAPÍTULO

3

A Amazônia, a controvérsia

A Amazônia desafia o tempo, apesar da ingratidão de muitos homens. Mantém sua vida infinita, seu labirinto indecifrável de arbustos, árvores e flores, animais, úmidas penumbras, 111 rios imensos, civilizações ocultas e lendas humanas e divinas.

A Amazônia não se acovarda com o ataque daqueles dispostos a devastá-la em uma nova cruzada irracional em nome da civilização. Ela vive, respira e abençoa com ar puro até mesmo quem aposta em sua destruição. Quanta nobreza! Também auxilia a existência daqueles que se empenham para apagá-la da face da Terra! Seres incapazes de compreender que nem mesmo o melhor maquinário desenvolvido pelo homem é capaz de criar uma flor, um sopro de ar puro ou uma gota de água cristalina.

É um imenso jardim com a elegância do essencial. Um gerador de vida, a mais legítima expressão da natureza e da fertilidade em um mundo superpovoado e barulhento marcado por um ritmo acelerado (às vezes, angustiante), voos regulares para fora da atmosfera terrestre — com destino a comunidades na Lua ou trajetos até Marte —, megalópoles desumanizadas e invenções que deixariam boquiaberto até mesmo o melhor dos escritores de ficção científica.

A Amazônia é nobre, mas precisou se defender durante séculos. Sabe que jamais perdoariam um descuido seu. E se defende! É favorecida pelo difícil acesso, calor e umidade sufocantes, insetos e feras à espreita, répteis escondidos e uma rede de rios de difícil navegação formada por correntes fluviais caudalosas, profundas e repletas de piranhas e jacarés. A Amazônia tem como se defender e sabe como fazer isso. É por isso que ainda existe!

Do espaço, a milhares de quilômetros de distância, um observador de 2085 poderá vê-la à noite como um imenso buraco negro em meio à luminosidade artificial dos centros urbanos que a cercam. A mesma luminosidade artificial que tenta seduzi-la há séculos, mas sempre acaba ofuscada pelos tons de verde intensos e úmidos de suas entranhas.

Contudo, muitas pessoas a conquistaram e conseguiram colocar toda essa grandeza natural a seu serviço. São aqueles que conhecem, respeitam e amam a floresta, admiram seu esplendor e defendem a necessidade de que seja eterna.

Conquistam-na aqueles que elogiam sua espiritualidade, inteligência, organização e beleza; aqueles que, além de entendê-la sem tentar mudá-la, tratam-na como uma namorada provocante, ávida por amor, que responde com paixão e gratidão.

No fim do século XXI, a Amazônia é um dos poucos redutos naturais restantes no planeta, a outra face da moeda que ostenta no verso a civilização e a modernidade. É um dos territórios iluminados que permitem que o mundo ainda disponha de duas realidades.

O velho Huáscar foi um dos que a conquistaram, que admiraram seu esplendor e sempre defenderam a necessidade de que fosse eterna. Foi um ser humano que não poupou esforços para aproveitar todo o potencial que a vida lhe ofereceu. Uma pessoa que nunca cansou de sonhar, impelida durante toda a vida pela força de uma paixão infinita, mas que, no caminho para a realização de seus sonhos, guiou-se pela razão, pela inteligência e pelos conhecimentos adquiridos durante os muitos anos que passou vagando por um mundo em constante desenvolvimento.

Hoje, a Amazônia recebe Huáscar agradecida e triste, mas de braços abertos. As margens do rio são testemunhas que murmuram sua dor. Lá descansam há quase 15 anos os restos mortais de Sabrina, sua segunda esposa e mãe de Tania. Agora, Huáscar repousa ao seu lado.

Mapai inteira está de luto. Alguns veículos de imprensa nacional e internacional se encarregam de informar ao mundo a morte do líder de uma comunidade *sui generis* no meio da selva; uma comunidade que, segundo dizem, é composta por seres humanos que tentam escapar da realidade.

Será preciso esperar três, talvez quatro anos após a publicação de seu livro — ainda sem título — para que o mundo conheça a verdadeira intenção das ideias de Huáscar e de seus companheiros de Mapai. Em momentos como aquele, os escritores mais superficiais e os leitores rasteiros só demonstram interesse pelo caráter exótico da comunidade de Mapai.

Tania, Kamon e Khalan sofrem como ninguém com a ausência de seu pai e guia de vida. Yandú também é envolvida pela dor, que supera a realidade de Mapai. A morte de Huáscar a priva de um homem que a compreendera desde sua chegada; de alguém que a admirou profundamente e a quem, em um momento de catarse impostergável, contou parte de sua história. Graças a ele, aprendeu a gostar mais da comunidade a cada dia, na medida em que compreendia os verdadeiros ideais que a tornam possível.

O amor por Tania, que também se estende aos seus irmãos, é imenso. Seu respeito e carinho pela Amazônia, a terra que a viu nascer, cresce. Cresce também seu apego à espiritualidade do bambu. Yandú se tornou um dos membros mais respeitados e influentes da comunidade. Inclusive, acaba eleita por seus habitantes para fazer parte do seleto grupo de pessoas que assumirá o comando da vila até que seja possível nomear um novo líder.

Todos são muito próximos de Huáscar. Fizeram parte do primeiro grupo de pessoas que não titubeou diante da ideia de tornar Mapai e a filosofia do bambu realidade.

O trabalho desse pequeno grupo que agora comanda a vila não será nada fácil. Toda comunidade que perde seu líder entra em estado de comoção; especialmente quando ele deixa marcas imperecíveis.

Se agir depressa, o descontrole pode colocar abaixo tudo o que levou anos para ser construído. Quando um estado emocional marcado pela dor e pela falta de controle toma conta de um grupo, as consequências são nefastas. A anarquia pode mostrar suas garras, e a divisão entre seus membros se torna quase inevitável. O risco de desintegração se torna maior do que nunca.

Apesar de suas boas intenções, Mapai nunca correu antes um risco tão grande de desaparecer.

Naquela noite triste, como em todas as que sucedem funerais, os familiares mais chegados de Huáscar se reúnem no salão principal do palácio de bambu. Yandú está presente, como não poderia deixar de ser. Khalan, o mais novo dos irmãos homens, sente necessidade de falar. Não aguenta mais a preocupação que o angustia há meses, quando percebeu que as energias de seu pai minguavam.

— Estou preocupado com a existência física de Mapai e com a manutenção de sua comunidade. Como vamos mantê-la viva agora que nosso pai se foi? Sua liderança era inegável. Alguns já manifestaram abertamente que é hora de ir embora. Com todo respeito que Yandú merece, não tenho certeza de que o grupo encarregado do comando da vila conseguirá manter a comunidade unida, apesar de suas boas intenções. Há uma atração pelo mundo exterior, sobretudo de parte dos mais jovens. Isso é inevitável. Se não conseguirmos que a nova liderança os atraia, vamos perdê-los. E, sem jovens, Mapai desaparecerá fisicamente de uma hora para outra. Digo "fisicamente" porque tenho certeza de que a maioria sempre levará o espírito da vila em seu coração.

Todos os olhares recaíram sobre Kamon. Sabem de suas intenções de abandonar a comunidade. Contudo, ele não pretende permitir que Mapai desapareça. Só o que deseja, como explica diversas vezes, é tentar a sorte em alguma cidade, de preferência sul-americana. Ao menos é essa a explicação que oferece.

— Sei que vai ser difícil, mas não me casei. É verdade que há belas jovens em Mapai, e se tornou comum o amor e o casamento entre pessoas que se conheceram aqui, mas não desejo casar aqui. Quero ter filhos. Morei grande parte da minha vida em uma cidade, e admito que gosto da vida por lá, embora não renegue Mapai. Quero que meus filhos, assim como eu, também conheçam o mundo além de nossas cabanas de bambu, embora eu sempre vá carregar comigo o exemplo de nossa vila. Não esquecerei o que vivi aqui e não digo que jamais voltarei. Não somos fanáticos nem uma sociedade fechada. Vemos imagens de todo o mundo. Apesar de seus problemas... o mundo exterior também é muito bonito!

Todos escutam em silêncio, respeitando o ponto de vista de Kamon. No entanto, apesar de suas crenças, ele faz uma sugestão interessante.

— Acredito que Yandú possa substituir nosso pai. Ninguém conhece a floresta como ela, e poucos abraçaram com tanta seriedade e amor as ideias de nosso pai. Como filhos de Huáscar, podemos sugerir Yandú como substituta.

Khalan e Tania fixam o olhar em Yandú, esperando uma resposta, mas Kamon continua argumentando.

— Yandú transmite seu conhecimento a todos, especialmente às crianças e aos recém-chegados. Não é professora, mas suas lições de vida e suas lendas ensinam e cativam a todos. Ninguém conhece a floresta e seus mistérios melhor que ela, que nasceu em seu útero. Yandú cativa, tem a presença de uma líder. Todos a querem por perto, todos querem escutar o que tem a dizer.

Kamon se emociona ao falar de Yandú. Sabe que ela guarda um grande segredo, e que talvez seu pai tenha morrido sem saber qual era, mas confia nela.

— Kamon, agradeço suas palavras — responde Yandú. — Huáscar e eu nos tornamos grandes amigos. Não posso negar que até discutimos algumas ideias e trocamos segredos, mas ele nunca propôs que o substituísse após sua morte.

— Ele sugeriu alguém? — pergunta Khalan.

— Nunca mencionou um nome, mas mencionou em diversas ocasiões que estava preparando a pessoa que o substituiria. Mas ressaltou que, acima de tudo, essa pessoa deveria provar sua capacidade e, é claro, ser aprovada pela comunidade.

— Por quê? — pergunta Tania.

— Porque Huáscar achava que os líderes não devem ser escolhidos arbitrariamente — responde Yandú. — Ele dizia que a vida formava os líderes. São aquelas pessoas que, por seu modo de agir, seu carisma e o amor que dedicam ao trabalho conquistam o respeito dos demais. O líder surge de maneira espontânea. E o coletivo elege seu líder, porque é daí que surge o reconhecimento.

— Mas quem poderia ser? — pergunta Khalan.

— Seu pai nunca deu um nome, mas sempre achei que ele sugeriria essa pessoa.

— Temos de averiguar quem é. Talvez faça parte do grupo que dirige a vila — sugere Kamon.

— Por ora, em respeito à memória de Huáscar, devemos lutar para manter a comunidade viva. — As palavras de Yandú soam firmes e cheias de convicção. — Alguns defendem, com certa razão, que serão mais úteis lá fora devido à experiência que adquiriram aqui.

— Esse ponto de vista não é nada desprezível. E faz bastante sentido, embora eu não pense assim — esclarece Kamon. — Se eu pudesse desenvolver minha vida pessoal aqui, não hesitaria em ficar nem por um instante. Mas, até o momento, vejo que isso não é possível.

— Esse é seu ponto de vista, Kamon. Todos o respeitamos, não precisa se preocupar; mas foram levantados muitos outros motivos para abandonar Mapai, embora eu deva admitir que ninguém negou a necessidade de continuar o trabalho de proteção da natureza, do meio ambiente e da espiritualidade do ser humano que empreendemos sob a orientação de nosso pai — afirma Khalan com preocupação.

— Irmão, todos os argumentos devem ser respeitados, não podemos nos esquecer disso — diz Kamon. — Nosso pai sempre pensou assim. Por isso podemos anunciar aos quatro ventos que os habitantes de Mapai são tão livres quanto a brisa da selva. Não são palavras minhas, era o que papai dizia, e tenho certeza de que todos vocês ouviram isso dele alguma vez.

— Respeito sua opinião, Kamon. Se você tem aspirações pessoais que não pode concretizar aqui em Mapai, não tem por que permanecer na vila — afirma Tania.

— Sim. Kamon é um dos que desejam abandonar o vilarejo. Tem todo o direito de pensar e agir conforme achar conveniente — afirma Yandú, deixando bem clara sua posição.

— Mas, se a existência de Mapai dependesse de minha partida — explica Kamon —, eu jamais iria embora. Quero deixar isso bem claro.

— Sabemos disso, irmãozinho — responde Tania. — Mas... você pode nos dizer por que essas aspirações pessoais o impedem de viver conosco?

Ficam em silêncio por alguns instantes.

— Irmãzinha, eu tenho uma namorada em Iquitos e, por ora, ela não está interessada em morar aqui. Esse é o motivo. Sinto muito.

— Não tem problema, Kamon, não tem problema. Você não tem por que se desculpar. Mas vocês virão nos visitar se você não convencê-la a morar aqui? — pergunta Tania.

— Claro que sim. Não posso obrigá-la a nada. Além disso, acho que podemos ser felizes em Iquitos. É uma cidade linda e muito próxima de Mapai. Confesso que gosto muito do lugar, eu adoraria morar lá.

Yandú, Khalan e Tania trocam olhares brincalhões. Todos parabenizam Kamon.

— Então, Yandú... o que faremos? — pergunta Khalan, muito preocupado outra vez.

— Não se preocupe. O projeto Mapai não morrerá, porque não deve morrer. Todos estamos convencidos disso. Agora, proponho cumprirmos o último desejo de seu pai.

Yandú desperta a curiosidade de todos com essas palavras.

— Que desejo? — perguntam os três irmãos quase ao mesmo tempo.

— Alguns dias antes de morrer, Huáscar me encarregou de uma tarefa que julgava muito importante.

— Uma tarefa? — pergunta Tania.

— Isso mesmo, uma tarefa. Espere uns minutinhos.

A babá se levanta. Já não é a mesma jovem magra e de compleição forte que chegara incógnita no vilarejo certa tarde, quase 15 anos antes, mas ainda é ágil, cheia de vigor e visivelmente dotada de uma vontade de viver.

Sobe as escadas de bambu até o terceiro andar da casa mais destacada de Mapai. No andar de baixo, é possível escutá-la remexendo papéis. Cinco minutos mais tarde, já está com o grupo outra vez. Senta sobre o tapete que cobre o chão. Tem nas mãos um manuscrito de duas páginas e o velho equipamento holográfico de Huáscar.

— Essa é a letra de meu pai — identifica Tania.

— Sim, é a letra de Huáscar — confirma Yandú.

— E esse é o seu equipamento holográfico? — pergunta Khalan.

— Sim — responde Yandú outra vez enquanto coloca o equipamento diante dos rapazes. — Huáscar me deixou encarregada de mostrar a vocês esta holografia. Ele disse que a mesma coisa está escrita neste documento.

Ela levanta os papéis e sacode de leve com uma das mãos.

Todos ficam em silêncio. Para tornar a imagem mais visível, diminuem a luz da sala. Yandú liga o velho dispositivo. Um texto verde emerge na escuridão da sala e flutua no ar, talvez sustentado pela ideia central em que se baseia o Projeto Mapai. Huáscar não cansava de repeti-la...

"A civilização é bela; a tecnologia, útil e fascinante; mas só a natureza é eterna. Por isso, sempre retornamos a ela."

Alguns segundos mais tarde, o sinal desaparece para dar lugar à figura de Huáscar. Ele está de pé e veste o traje típico da vila (embora seu uso não seja obrigatório). Hoje, especialmente, todos os habitantes de Mapai o vestem em homenagem ao líder.

Tanto para homens quanto para mulheres, o traje é composto por um vestido largo e comprido, chegando quase até os tornozelos e costurado com tecidos feitos de bambu e outras plantas da Amazônia. As mangas também são muito largas e podem ser curtas ou compridas, variando conforme o gosto pessoal. Inclui ainda um bracelete de ouro, um cinto e um par de sandálias. Nada de couro animal. As mulheres enfeitam a parte superior do corpo com colares de sementes coloridas e um diadema muito simples decorado apenas com algumas pedras brilhantes, que serve de fita e pode ser atado na parte de trás da cabeça.

Cada um tinge suas roupas com sua cor favorita ou a que melhor combina com o seu corpo, levando em conta a cor da pele, dos olhos ou do cabelo, dentre outras características pessoais.

A vestimenta de Huáscar é verde, cor que simboliza a natureza. É um momento solene. A imagem tridimensional já se move livremente entre eles; todos desfrutam de sua presença, mesmo que virtual. Por fim, ele começa a falar.

— *Queridos filhos, designo Yandú para assumir esta importante tarefa. Confio nela, então tenho certeza do que estou dizendo a vocês.* — Huáscar faz uma breve pausa. Embora tenha escrito o documento, ele não lê, já que o memorizou. — *Minha intenção é informar o meu legado. Este é o meu último ato de vontade, como dizem os especialistas. Não tenho bens materiais fora de Mapai, somente a antiga casa dos meus pais em Tarapoto. Ela é de todos vocês.*

Hoje me proponho a deixar para vocês aquilo que, também com a sua ajuda, consegui construir em nossa amada comunidade e, é claro, oferecer meus conselhos póstumos.

Em várias ocasiões, eu disse que no fim deste século ficaria claro para todos que a sobrevivência da espécie humana no futuro não dependerá de super-heróis capazes de salvar o mundo com sua força, astúcia e, às vezes, crueldade excessiva. Assim como não depende de nenhum dos avanços tecnológicos que muitas vezes prendem os seres humanos, condicionam seus movimentos e até entorpecem sua inteligência.

A sobrevivência da espécie humana no século XXII dependerá do amor que todos sentimos pela vida, não mais apenas no globo terrestre, mas em outros locais distantes, além dos limites da Terra, onde o homem, graças à sua capacidade, foi capaz de chegar.

A civilização moderna precisa de amor e muito mais compreensão entre os seres humanos. Esse sempre foi o objetivo de todas as minhas ações: o amor e a compreensão entre todos. Agora, peço a vocês que, seguindo o meu exemplo, trilhem esse mesmo caminho. A primeira coisa que deixo a vocês é essa responsabilidade: sejam filhos dignos do pensamento de seu pai e de Mapai. Eu confio em vocês.

Sem deixar de movimentar sua figura virtual entre seus filhos e Yandú, Huáscar fica em silêncio por alguns instantes. Sem a pressão das palavras, todos se deliciam em observá-lo. Esse é um dos imensos benefícios proporcionados pela tecnologia: partilhar quando quisermos a imagem de um ser amado que já se foi. Como o ser humano é engenhoso!

— Repito que os meus bens materiais são poucos. Nunca fizeram falta para que eu fosse feliz ou fizesse vocês felizes; portanto, o que tenho a deixar é muito pouco, e faço isso com pragmatismo.

Começo por Kamon, o mais velho. Filho, sei de suas preocupações, sei que você estuda a possibilidade de deixar o vilarejo, e não há nada de errado nisso. Cada um é livre para escolher seu próprio caminho. Você tem sido muito útil por aqui durante todos esses anos e continuará sendo útil onde decidir ficar, porque é um homem de bem. Mapai sempre será grata a você. Vou deixar para você o meu barco, que você batizou de El Piraña I. *Um nome que, confesso agora, sempre me agradou.*

Apesar da solenidade do momento, nenhum deles consegue evitar um sorriso.

— *O* El Piraña I *está à sua disposição. Pegue-o e navegue com ele, se assim desejar, pelo caminho da vida que achar necessário.*

Para Khalan, que admira Mapai e, até o momento de minha morte, nunca expressou o desejo de deixá-la, deixo este palácio de bambu com tudo que há em seu interior. Assim, você se sentirá mais confortável em nossa amada comunidade. Cuide dele. Mais que um palácio, sempre o considerei o meu templo de bambu.

Para Tania, minha pequena princesa do bambu, o fruto mais belo e natural de Mapai, peço que entreguem o pequeno cofre que está em cima da minha mesa. Seu nome está gravado na tampa, Tania. Além disso, vou dar uma sugestão. Não encare isto como um simples enigma:

Antes de seu aniversário, tente descobrir o segredo que o bambu guarda para você.

Tanto a parte material quanto a espiritual de Mapai é feita de bambu. Façam tudo o que estiver ao seu alcance para que o belo exemplo que a planta de bambu dá a cada um de nós nunca morra.

Não se detenham com a minha partida. Agora, cada um de vocês é dono de sua vida. Sejam otimistas e lutem por seus sonhos. Vou em paz, porque sempre tentei atender às exigências da vida. Tentem seguir o meu exemplo. Como nos advertiu Mahatma Gandhi:

Peguem um sorriso e o deem a quem nunca teve um...

Peguem um raio de sol e façam-no voar até onde reina a noite...

Peguem uma lágrima e coloquem-na no rosto de quem nunca chorou...

Descubram o amor e façam-no conhecer o mundo.[1]

Yandú desliga o equipamento de vídeo holográfico. O silêncio reina por um tempo. Kamon é o primeiro a falar.

— Tania, você precisa subir até o quarto do pai e ver o que há no baú que ele mencionou.

— Vamos todos juntos — sugere Yandú.

Levantam-se e sobem as escadas direto para o quarto de Huáscar. Encontram o pequeno baú em cima da mesa. Emocionada, Tania o pega, destranca o pequeno fecho dourado, abre a tampa e apanha o objeto embrulhado em tecido vermelho. Mas que surpresa!

— A flautinha! — exclama, parecendo decepcionada.

Yandú, Khalan e Kamon trocam olhares. Não conseguem disfarçar seu estranhamento. Ficam com pena de Tania. Os irmãos homens foram agraciados com o palácio e o barco, e ela recebeu a pequena e velha flautinha! Não conseguem acreditar.

Yandú, percebendo que aquele era um momento embaraçoso, tenta aliviar o ambiente.

— Levem em conta o que essa flauta significava para seu pai, seu valor imaterial. Segundo me contou, ele confeccionou a flauta há vinte anos. Andava sempre com ela.

Todos veem uma lágrima correr pelo rosto de Tania.

— Além disso, não tinha mais nada para dar — continua Yandú. — Não deixou nada para mim, e faz 15 anos que moramos todos juntos.

— Tem outra coisa. Esse palácio de bambu é tão meu quanto seu, irmãzinha — afirma Khalan.

— Digo o mesmo com relação ao *El Piraña I* — diz Kamon. — Pode usá-lo quando quiser.

— E a casa em Tarapoto. Se não quiser se mudar para lá, pode vendê-la — completa Khalan.

Nem os irmãos nem Yandú encontram argumentos lógicos para aplacar a frustração que parece tomar conta de Tania.

— Eu sei, irmãozinhos, eu sei.

Mais confusa que zangada, Tania leva o pequeno instrumento à boca e sopra, mas, para piorar a situação, não sai nenhum som. Apenas um assovio áspero sai de um de seus seis furos.

— Nem sai som, acho que está quebrada — constata com tristeza, quase chorando.

Sacode a flauta. Sente que há alguma coisa em seu interior. Aproxima o instrumento do ouvido e volta a sacudi-lo.

— Tem alguma coisa presa lá dentro — afirma a adolescente.

O pequeno instrumento passa de mão em mão. Todos o examinam. Até Yandú tenta tocá-la, mas a flauta realmente parece ter esquecido os belos tempos quando, sob a sombra do bambu, acompanhava com nostálgicas melodias andinas as emotivas lendas amazônicas contadas pela babá.

— Sim, tem algo travando! — exclama Yandú após verificar a parte externa da flauta. — Não deve ser difícil de arrumar.

— Minha herança é uma flauta estragada! — Tania não parece indignada, mas demonstra muita frustração.

Yandú considera que é chegado o momento de terminar a reunião familiar. Decide que falará com Tania mais adiante, tentando justificar o presente de seu pai. Nem ela mesma entende.

— Já está tarde — diz Yandú. — É hora de jantar, prometo que vão adorar o prato dessa noite.

A babá consegue dissuadir os três irmãos. Cada um se dirige ao próprio quarto, e ela vai até a cozinha do palácio de bambu. Por mais que pense, continua sem poder explicar o presente que Huáscar deixou para a filha caçula, que sempre considerou "sua princesa do bambu".

É estranho, muito estranho!, Yandú pensa repetidamente, pressentindo que "nesse mato pode ter cachorro" ao lembrar das últimas palavras que Huáscar dedicou a Tania: "Além disso, vou dar uma sugestão. Não encare isto como um simples enigma: **Antes de seu aniversário, tente descobrir o segredo que o bambu guarda para você.**" *Pensando bem, Huáscar não tinha nenhuma outra riqueza material, salvo a casa de seus pais em Tarapoto, como ele mesmo disse. Talvez quisesse me dizer mais alguma coisa antes de morrer, mas faltou tempo. Sabíamos que estava mal, mas sua morte pegou todos de surpresa. Tenho certeza de que esse presente para Tania carrega uma mensagem. Seu significado deve ser muito maior que o simples valor material do instrumento.*

DOIS SEGREDOS

Chega a manhã de 21 de março. Tania, a princesa do bambu, completa 15 anos. Faz apenas alguns dias que seu pai, Huáscar, o líder natural de Mapai, morreu. Mas todos defendem a ideia de que sua morte não é motivo para deixarem de comemorar o aniversário da única pessoa nascida em Mapai que não conhece outros mundos.

— Os 15 anos são muito importantes para uma jovenzinha! — Yandú repete mais de uma vez para Tania, a fim de convencê-la a participar dos festejos. Sabe como a jovem se sente mal, tanto pela morte recente do pai quanto, é claro, pelo presente. Não por inveja dos irmãos ou avareza. É doloroso pensar que não significava tanto para o pai quanto imaginara. Pergunta-se mil vezes por que a chamava de princesa do bambu.

Tania é homenageada desde as primeiras horas da manhã. Os moradores da comunidade lhe dão presentes, sobretudo belas peças artesanais confeccionadas por eles mesmos e pratos típicos da Amazônia à base de ervas, raízes, arbustos, invertebrados e até mesmo cipós comestíveis.

Em outro momento, os presentes que mais chamariam sua atenção seriam os vestidos finos e coloridos confeccionados com fibras vegetais — dentre as quais, é claro, o bambu. Mas hoje, embora agradeça pelos presentes, não sente muita, para não dizer nenhuma, admiração por aquelas roupas bonitas e originais. Relembra a noite anterior, quando, navegando pelas redes sociais em seu moderno computador, presenciou o desfile de moda espetacular de um famoso estilista peruano. Então, pela primeira vez, perguntou-se: *Por que não faço como Kamon e me mudo para a cidade? Também preciso me apaixonar por alguém; além disso, gostaria de comparar a diferença entre Mapai e uma dessas grandes cidades, conhecer as duas experiências de vida.* Tania não para de pensar. *Vivo aqui desde que nasci. Papai nunca me deu outra oportunidade. Para ele, isso é o paraíso. Posso ir embora e morar na casa velha, lá em Tarapoto. Dizem que é uma cidade muito bonita; além disso, também faz parte da Amazônia peruana.*

Uma grande decepção durante a adolescência pode gerar sérios transtornos de personalidade no futuro. Por isso, Yandú,

Kamon e Khalan canalizam todo o seu entusiasmo para a festa de 15 anos de Tania.

Dão a ela um gigantesco pirarucu assado, considerado o maior peixe de água doce do mundo. A carne do pirarucu é muito apreciada pelos seres humanos. Um espécime pode atingir mais de dois metros de comprimento e ter um peso superior a cem quilos. Foi criado em um açude próprio em meio a outras espécies amazônicas. Levam-no até a praça central em uma enorme maca de bambu. Devido ao peso, o peixe assado exige a força dos dois irmãos para ser carregado.

— Mas é grande demais para mim sozinha! — exclama Tania espantada, até um pouco risonha.

— Não se preocupe, irmãzinha. Seremos muitos para a tarefa — assegura o mais jovem de seus irmãos em tom jocoso.

— Esse nobre pirarucu dá para muitos pratos! — Tania continua espantada.

— Graças a seu tamanho, tem carne o bastante para alimentar quase todos os moradores da vila. Além disso, é bem gostoso.

Yandú também se esmera e cozinha um prato muito apreciado pelos habitantes da Amazônia. É o *mojojoy*, feito com uma larva bastante nutritiva. Segundo dizem, está à altura de muitos restaurantes de comidas típicas da região amazônica.

A babá serve o prato assado, mas não recheia com carne de frango, como mandam as receitas tradicionais. Seguindo os costumes de Mapai, prefere recheá-lo com ervas, vegetais e temperos da floresta.

É claro que a refeição também inclui o *casabe*, pão indígena feito de mandioca, e uma enorme variedade de frutas silvestres, como o cupuaçu, cuja polpa de cor branca contém altos níveis de fósforo, pectina, cálcio e vitamina C. Yandú usa a fruta para fazer sucos e geleia, uma excelente sobremesa, para o deleite de Tania.

Os mais velhos comemoram o aniversário brindando com bebidas fermentadas de raízes e frutas amazônicas. Não há dança, tampouco se escuta no sistema de som da vila as músicas mais recentes, mas todos têm a satisfação de parabenizar Tania pelos seus 15 anos. Eles têm a convicção de que era o que Huáscar queria.

A festa dura várias horas. O ambiente é cordial e divertido, típico dos residentes de Mapai. Tania esquece por um bom tempo seu estado de frustração; contudo, sente falta do pai. Nunca pensou que faria 15 anos sem ele ao seu lado.

Um comentário já toma conta do ambiente de Mapai, correndo de boca em boca: a intenção de muitos habitantes de abandonar a comunidade. Com a morte de Huáscar, o velho líder que os motivou a tornar realidade um sonho tão bonito, consideram que é chegada a hora de partir, de retornar à civilização. Não veem sentido em permanecer ali sem alguém que guie seus passos. Alegam que, voltando à civilização, poderão transmitir as experiências belas, nobres e úteis que adquiriram durante a estada na Amazônia.

Os que abraçam o desejo de partir prometem, dentre outras coisas, criar uma campanha de motivação internacional. Querem sensibilizar o mundo para a necessidade imperiosa de respeitar, amar e resguardar a natureza, sem se deixar arrastar pelos avanços tecnológicos que, muitas vezes embrutecem, em vez de beneficiar os seres humanos.

Não se trata de armar uma cruzada contra a tecnologia; isso é impossível e não traria nada de bom. Pelo contrário, trata-se de demonstrar que a tecnologia, por mais útil que possa ser, jamais deve distanciar as pessoas, muito menos afastá-las ou separá-las de seu próprio eu, de seu espírito.

Aqueles que escolhem partir também argumentam que experimentaram por mais de 15 anos aquele belo estilo de vida. Tempo suficiente, afirmam. Agora, na ausência de um líder para uni-los em torno de seus ideais, dizem que o mais correto é partir e divulgar sua filosofia pelo mundo.

Ali, encerrados no meio da floresta amazônica, experimentam a grandeza das ideias de Huáscar e sua filosofia do bambu, mas, apesar dos enormes avanços das comunicações e das redes sociais, suas experiências maravilhosas não transcendem as fronteiras do bambu e de Mapai.

Há, porém, outro grupo, nada pequeno, que defende a permanência na floresta. Tem a convicção de que será muito melhor para todos manter o intercâmbio direto com a natureza existente no vilarejo. Durante todo esse tempo, esse contato foi bem-sucedido em eliminar o estresse de seus habitantes. Os exercícios de meditação se tornaram um hábito diário, as doenças infectorrespiratórias são coisa do passado, e o sobrepeso, a hipertensão e outras doenças provocadas pela vida instável, sedentária e contaminada dos grandes centros urbanos desapareceram em pouco mais de 15 anos.

Aqueles que apoiam a ideia de permanecer em Mapai argumentam que o trabalho de educação ambiental e amor à natureza, que não é nada fácil, mas muito necessário nesses tempos, pode ser feito dentro do vilarejo. Dizem que seu exemplo corre o mundo, faz brotar uma mensagem capaz de ajudar a sensibilizar a humanidade para extirpar urgentemente da face da Terra o flagelo da poluição, que conspira contra a saúde física e mental dos seres humanos.

Mapai se debate entre a existência e o desaparecimento. É esse o dilema que seus habitantes enfrentam hoje, em 21 de março de 2085, quando Tania completa 15 anos.

"Que presente de 15 anos!", teria comentado o velho Huáscar.

O lado positivo de tudo isso é que a visão de Huáscar gerou frutos. Tanto os que decidem partir quanto os que se dispõem a permanecer em Mapai vivem imbuídos da necessidade de espalhar aos quatro ventos as maravilhosas experiências que cultivaram ali. Ou, em outras palavras, de mostrar ao mundo as ideias de Huáscar. Seus sonhos transformados em realidade.

Esse dilema afeta Tania de duas maneiras, no âmbito familiar e no comunitário. Mais do que nunca, Kamon se apega à ideia de morar em Iquitos, a cidade pitoresca onde se apaixonou. Ele diz que lá estará bem perto da floresta.

Kamon ama Mapai — leva o vilarejo em seu coração por seu significado, obtido graças ao trabalho de seu pai. Sente orgulho daquela comunidade. Considera o vilarejo um belo resultado surgido de uma ideia humana e nobre. Um produto genuíno da inteligência e da paixão de um homem perseverante, paciente e incansável, o velho Huáscar, admirado pela imensa capacidade de unir todos em volta de um mesmo ideal.

Kamon não acha que sua forma de pensar traia a memória do pai, como alguns querem dar a entender. Acha que agora, como sempre, o certo é respeitar o ponto de vista de todos, tanto dos que exprimiram suas inquietudes pessoais quanto dos que desejam partir para a civilização portando a bela mensagem. O vilarejo de bambu jamais desaparecerá, sua mensagem permanecerá um símbolo eterno de amor à natureza e dos sonhos mais nobres do ser humano.

Mas o mais bonito de tudo, apesar das contradições, é que as ideias de Huáscar que impulsionaram a fundação da vila no meio daquelas intrincadas paragens da Amazônia peruana permanecem intactas e conservam seu valor. Demonstram novamente que as ideias podem ter força infinita quando transmitidas por um líder capaz de plantá-las no espírito dos outros.

Uma ideia revela sua grandeza e beleza quando, mesmo na ausência de seu criador, é defendida por outras pessoas dispostas a lutar por ela. Assim, ela jamais perde o sentido.

Ninguém questiona o significado de Mapai e a mensagem sublime que transmite ao mundo. Mas o ser humano é muito diferente em sua maneira de pensar e agir, mesmo quando se pretende alcançar um mesmo destino.

Em Mapai, seguindo as palavras de seu fundador, todos são livres, gozam da mesma liberdade de uma onça-pintada na floresta. Cada um pode percorrer o caminho que julgar mais conveniente, embora nenhum de seus habitantes consiga deixar para trás a bela lição com a qual foi agraciado.

Tania compreende que Kamon tem seus motivos, assim como Khalan, que defende firmemente a manutenção do vilarejo.

Após sua festa de aniversário, apenas alguns dias depois da morte do pai, Tania sobe até seu quarto perto do meio-dia com a cabeça confusa. Yandú a acompanha. Hoje a adolescente se lembra do pai e sente necessidade de estar com ele mais do que nunca. A babá entende isso e acha que não deve deixá-la sozinha em um momento tão difícil.

As duas entram no quarto, e a babá se senta. Tania vai até a mesinha de cabeceira, pega o baú pequenino que Huáscar deixou para ela ao morrer e senta ao lado da babá. Abre a tampa e tira dali a pequena flauta. Ao fazer isso, não consegue conter as lágrimas.

— Ele tocou para mim tantas vezes! — exclama cheia de nostalgia.

— Também sinto muita falta dele, Tania.

— Eu sei, Yandú, eu sei.

Tania se levanta e, como de costume, senta no piso de fibra vegetal, respira fundo e olha para o teto. Aproveita o ar da Amazônia, seu eterno cheiro de terra úmida. Yandú fica sentada em uma das cadeiras, muito perto da cama de Tania. Observa a jovem que, apesar da presença da babá, tenta relaxar com absoluta confiança. Concentra-se em sua respiração, parece chegar a escutá-la. Tania está acostumada a fazer esse tipo de exercício cotidianamente. Tanto que parece saborear o ar carregado de umidade que percorre seu corpo.

Não teme o ar "chuviscoso", como ela chama. Por isso, respira com segurança. Não tem nada a ver com aquele respirado nas grandes cidades, reciclado e poluído, segundo contava seu pai e agora conta Yandú. O mesmo ar que, quando está cheio de vírus mutantes e assassinos, pode levar à morte, como aconteceu com a mãe de Khalan e Kamon.

Deitada no chão do quarto, deixando-se levar por seus pensamentos, a adolescente diz a Yandú:

— Todo o ar vem do mesmo lugar, mas uma parte é mais maltratada que outra.

— A civilização, quando se desumaniza, danifica até o ar — explica sua babá —, transforma-o em uma criação malévola. Mas em alguns lugares, como nesta floresta selvagem, ele ainda é cuidado, mimado e preenchido com sons únicos, como o sibilar dos bosques de bambu. Ou quando é envolvido pelo gorjeio das aves que vivem na região, muitas dela aqui na varanda ou até dentro do quarto. Até nas cadeiras e na escrivaninha!

— Gosto que as coisas sejam assim, Yandú. Gosto muito.

O peixe-frito-pavonino visita o quarto de Tania diariamente. É um belo pássaro castanho, de peito estriado e cauda longa e densa, que pode medir até trinta centímetros. Tania gosta quando ele voa dentro do seu quarto.

Também aparece com muita frequência o pica-pau, um picador persistente de bico marrom e pontiagudo, e o pequeno torom-torom, conhecido também como chululú amazônico, um pássaro de pé comprido e uma privilegiada plumagem colorida.

No entanto, o que mais gosta e, ao mesmo tempo, mais preocupa Tania é o *Gecinulus viridis*, mais conhecido como pica-pau de bambu. Chama-se assim, conforme Huáscar contou a Tania, porque essa é a tradução exata de seu nome asiático.

É um passarinho com 15 ou 16 centímetros de comprimento. Acostumado a bicar o bambu durante a vida toda, confunde as paredes do palácio com os bambuzais que rodeiam Mapai e enche a construção de furos.

O principal motivo para a atração de Tania pelo passarinho é o fato de ele não ser original da Amazônia, mas de países como Laos, Tailândia e Malásia. Certa feita, seu pai teve a ideia de transportar alguns espécimes da ave até a América, onde ela se adaptou muito bem. É claro que o experimento atingiu seu ápice em Mapai porque, como o próprio nome indica, é uma espécie típica dos bosques de bambu.

Aos 15 anos, mais que se sentir parte desse mundo saudável e maravilhoso que compreende e ama, Tania está convencida de ser ela própria aquele mundo que cheira a terra úmida, onde o vento sibila, a onça-pintada ruge e se escutam o trinar das aves e o bicar dos pica-paus.

Fica deitada no chão de seu quarto no palácio de bambu. Aperta suavemente a flautinha entre os dedos, lembra-se de algumas palavras que Yandú repetiu diversas vezes desde que o pai morreu, desde a tarde em que ele leu seu testamento.

— O bambu abriga um grande segredo em seu aparente vazio interior — Tania diz em voz alta.

— É verdade — reafirma Yandú, já um pouco entediada e pegando no sono.

— Então, é verdade que as varas de bambu guardam em seu interior um mistério indecifrável, assim como a floresta guarda seus segredos!

— Sim, guardam!

— Assim como você, que também guarda os seus.

— Eu já contei os meus.

— Só a metade — observa Tania, que fica pensativa. — Depois de tudo que você me contou, admito que agora gostaria de saber o que é o Yacuruna.

— O Yacuruna! — exclama Yandú e desperta.

— Sim, isso mesmo, o Yacuruna!

— É o protagonista de uma lenda muito enraizada entre os habitantes da Amazônia.

— E o que tem a ver com você?

— Tem muito a ver. Alguns a encaram como o que é de fato: uma lenda antiga. Mas outros não. No caso da minha tribo, não eram poucos que davam como certa a existência do Yacuruna.

— Seu pai era um deles?

— Não, meu pai não era. Conversei com ele muitas vezes sobre isso, e ele não acreditava no Yacuruna nem em qualquer animal mitológico amazônico, mas muitos outros acreditavam.

— Se ele não acreditava, por que disse o que estava escrito na carta?

— Depois de ler a carta em que expliquei que iria embora com Dainan, meu pai simplesmente decidiu evocar a lenda para o bem da família e, sobretudo, para que seu irmão e seu filho não ficassem ofendidos. Nem posso imaginar quantas vezes o xamã da tribo deve ter invocado o meu espírito para tentar descobrir aonde o Yacuruna me levou!

As últimas palavras saem entrecortadas. Yandú está quase chorando. Tania se dá conta disso. Com muita agilidade, levanta para abraçar a babá. Embora não conheça a lenda, entende como é importante para Yandú.

— Sente-se. Escute a história — diz a babá.

Tania obedece. Dispõe-se a escutar com a gratidão de sempre as palavras de sua babá e amiga. Mas hoje não é a teatralidade de Yandú que torna a história especial, mas seu significado profundo e forte.

— Contam que o Yacuruna é um espírito mágico da floresta — narra Yandú. — Aqueles que acreditam em sua existência garantem que tem poder sobre todos os animais que vivem na água. Os xamãs o invocam sempre que julgam necessário. Segundo a lenda, ele viaja sobre um crocodilo gigante e é tão poderoso que consegue se transformar em ser humano.

— Em ser humano? — interrompe Tania, interessada na lenda que, espera, esclarecerá o segredo de Yandú.

— Sim, em ser humano, mas não um humano qualquer; transforma-se em um homem muito bonito, um forasteiro atraente capaz de seduzir e até hipnotizar moças jovens e inocentes. — Yandú faz uma pausa e, em seguida, completa: — Eu era jovem e inocente.

— Então, segundo seu pai... Dainan era o Yacuruna transformado em homem?

— Isso. Mesmo não acreditando nisso, conseguiu convencer a tribo de que fui vítima de sua maldade.

— E para onde acham que o Yacuruna leva suas vítimas?

— Para as profundezas do rio ou de alguma lagoa. Nunca mais aparecem. Por isso a resposta de meu pai: "não volte jamais".

Yandú termina de contar a lenda, e as duas ficam em silêncio. Só se escuta o sussurro da floresta.

— Seu pai usou a lenda como desculpa para que ninguém soubesse o que aconteceu de verdade.

— Não o culpo. Cometi um erro grave e comprometi a honra da família.

— Dainan sabia de tudo?

— Claro que sim.

— Como foi seu encontro com a tribo depois que você voltou?

— Esse encontro nunca existiu.

— Nunca?!

— Isso que você ouviu: nunca.

— Não entendi. Como é possível que, nesses 15 anos que passou aqui, você nunca foi encontrar sua tribo? Você se arrependeu depois de ter voltado da Austrália?

— Não, nunca me arrependi. A primeira coisa que fiz quando cheguei foi procurar a tribo. Perguntei se ainda viviam no mesmo lugar. Voltei disposta a ir até lá e contar a verdade. Os tempos mudaram muito, eu tinha a esperança de encontrar pessoas que entendessem meu lado, mas não consegui fazer isso.

— Por quê?

— Depois da resposta de meu pai, só me comuniquei com ele duas vezes. Ele disse que ninguém poderia suspeitar que eu estava viva. Somente ele e minha mãe estavam a par, nem mesmo meu irmão sabia a verdade. A honra da família estava em jogo, como ele ressaltou mais de uma vez. Já disse a você que um erro como o meu é imperdoável; contudo, retornei com a intenção de enfrentar tudo e voltar para minha comunidade.

— Mas não fez isso — comenta Tania entristecida.

— Não consegui. Quando voltei, não consegui localizar a tribo. Por isso vou a Iquitos duas ou três vezes por mês: para falar com alguns membros de sociedades indígenas e buscar informação sobre a tribo, mas até agora não soube nada da minha família. Tudo parece indicar que meus pais morreram. A verdade é que muitas tribos indígenas se desagregam após se misturarem com a civilização. Seus habitantes fogem da pobreza em busca de uma vida melhor, sobretudo para seus filhos. Partem para as grandes cidades, moram nos subúrbios, trabalham sem parar abrindo caminho em um mundo que muitas vezes é hostil a eles — continua Yandú. — É muito provável que isso tenha acontecido com meu irmão, que ele esteja agora mesmo morando em uma grande cidade amazônica. Não descarto que seja em Iquitos. Fui muitas vezes ao bairro de Belém, mas ele cresceu tanto quanto a cidade. Encontrar um membro da minha tribo ali se tornou mais difícil que encontrar uma moeda na floresta.

— E o lugar onde a tribo ficava, perto do Napo? Alguém por lá deve saber de alguma coisa.

— Já tentei. Mas agora todas aquelas terras pertencem a uma grande companhia pecuária internacional. Ao que parece, a empresa chegou a um acordo com os membros da tribo, comprou seus territórios e agora se dedica muito tranquilamente à criação de animais. Não duvido que também esteja ligada à indústria clandestina da madeira, à caça proibida de animais e coisas assim. É uma área muito rica.

— Que tristeza!

— Esse é um mal do qual a Amazônia padece há mais de duzentos anos. Por isso admiro e sigo as ideias de seu pai.

— Como você soube da existência de Mapai?

— Quando cheguei da Austrália, já em Iquitos, talvez por saudade, hospedei-me no mesmo hotel onde passei minha primeira noite com Dainan. Estava muito diferente, mas ainda conservava a mesma atmosfera daqueles anos. Lá, ouvi falar no vilarejo. Não tinha dinheiro para ficar no hotel por muito tempo. Percebendo que minha tribo já não podia ser encontrada, vi-me sozinha e decidi vir para cá e falar com Huáscar.

— Que história!

— Triste, não é?

— Em parte sim, mas também é muito bonita. Digna de você.

— Obrigada, Tania.

— Um dia terei uma história de amor para contar. — Quando Tania diz isso, seus olhos brilham.

— Tenho certeza que sim, mas para isso você deve ter os pés bem seguros na terra, como o bambu, para que não aconteça o que aconteceu comigo.

As duas voltam a ficar em silêncio, até que Tania decide fazer outra pergunta a Yandú.

— Talvez não seja o momento mais adequado. Sei que toda essa história afeta você, mas já que estamos falando de amor, preciso que me responda a outra pergunta de meu interesse pessoal. Quero perguntar há muito tempo.

Yandú não consegue esconder o espanto que se desenha em seu rosto.

— Vamos ver, diga-me que pergunta de interesse pessoal é essa. Já estava achando estranho que você não tenha tentado explorar os caminhos do amor.

— Na realidade, é pessoal porque se trata de meu irmão, de Kamon.

— De Kamon?

— Sim. Por que ele a acompanha na maioria das vezes que vai a Iquitos?

A mulher não responde de imediato. Não sabe bem se a pergunta de Tania a surpreendeu ou foi engraçada. Sua resposta é direta, mas envolta com a doçura que sempre caracterizou a índia Yandú.

— Não fique chateada comigo, mas esse segredo é responsabilidade de Kamon.

Depois dessa última pergunta, Yandú se levanta lentamente, abraça Tania e sai. Sozinha, a jovem pensa por alguns minutos. Regozija-se com o privilégio de conhecer em detalhes todos os segredos de sua babá, mas continua preocupada com aquele que ela e Kamon escondem.

Por que ela respondeu que o segredo é responsabilidade de Kamon? Que segredo ele guarda?, pergunta-se Tania. *Vão me deixar louca! Mas agora não posso ficar tentando descobrir segredos de outras pessoas, nem sequer os de meu irmão.*

Olha com atenção a pequena flauta que permaneceu em suas mãos durante toda a conversa com Yandú. Leva o instrumento aos lábios e tenta tocar outra vez. Sopra uma, duas vezes, como seu pai ensinou, mas o instrumento só responde com o som típico de um sopro de ar.

"Não há dúvidas. Está com algum problema."

Sacode com delicadeza a flauta e volta a sentir alguma coisa se movendo em seu interior.

"Tem alguma coisa solta aí dentro. O que será?"

Tenta espiar seu interior. Aproxima do olho um dos orifícios do instrumento. Faz o mesmo com cada um dos seis buraquinhos da pequena flauta feita por seu pai. Mas não descobre nada, a não ser uma escuridão impenetrável. Volta a soprar, sem nenhum indício de nota musical.

"Acho estranho que não só o meu pai conseguia tocar, mas eu também. O que está acontecendo agora?"

Senta-se outra vez no chão de fibra vegetal e cruza as pernas com uma facilidade incrível. Lembra-se de seu pai dizendo que a flexibilidade dela era comparável à do bambu. Ao sentar, escuta o barulho do pequeno pássaro tailandês bicando o bambu. Então se levanta rapidamente e vai até a varanda para convencer a ave de que o "palácio" onde ela mora com seus irmãos e Yandú não tem nada a ver com o bosque de bambu ao redor.

Contudo, estando a apenas alguns metros dele, percebe que o belo e persistente animalzinho não está bicando as varas de bambu que formam as paredes, mas as hastes da gramínea que balançam ao ritmo do vento, muito perto da varanda de Tania. A adolescente tem a impressão de que a ave já havia trabalhado ali outras vezes, porque, em apenas alguns minutos, seu bico forte e pontiagudo atravessa a estrutura vegetal.

Então o pássaro aumenta o buraco com precisão e rapidez. Chegado o momento, como se quisesse se convencer de que o orifício já tem o tamanho necessário, joga a cabeça para trás e olha para dentro inquieto. Ao que parece, aprova o resultado de seus esforços e, em um piscar de olhos, entra no buraco e ingressa no interior da haste, naquela área misteriosa do bambu que transforma energias negativas em positivas. Existe um tipo de serpente que, quando fica presa ali dentro, emite um sibilo suave e acalentador, perfeito para embalar o sono. Isso também foi seu pai quem disse, mas Tania não tem certeza porque, segundo ele, essa experiência só é vivenciada pelos habitantes de uma ilha do Pacífico chamada Samoa.

"Quantas coisas o bambu guarda em seu interior!", Tania repete para si e se pergunta mais uma vez: — *Será que a flauta de meu pai tem alguma coisa em seu interior, e por isso não emite nota musical?*

Volta ao quarto e senta em uma das cadeiras. Observa com calma o pequeno instrumento musical. A curiosidade se apodera dela, mais forte do que nunca. Tania põe o dedo mindinho em um dos buraquinhos. Acha que já tentou fazer isso mais de quinhentas vezes, mas nunca conseguiu nada — e agora não é diferente. Fixa o olhar nas extremidades do pequeno instrumento e descobre uma ranhura imperceptível, quase invisível, entre as juntas do bambu. Exerce pressão com cuidado. No início não acontece nada, mas, pouco depois, Tania tem a sensação de que algo está cedendo. Escuta um ligeiro estalo.

Alivia a pressão em suas mãos. Tem medo de quebrar o presente do pai. Jamais se perdoaria. Ouve mais uma vez o bico do pássaro estalar contra o bambu. Parece estar aperfeiçoando sua obra. Tania sente muita inveja!

— Queria ser um passarinho como esse, ou como o pica-pau, para ter a capacidade de penetrar no misterioso coração do bambu.

Decide explorar o interior da flauta, convencida de que o pai jamais a perdoaria por alimentar uma dúvida.

"Você precisa saná-la", repetia sempre. "Quando elimina uma dúvida, sempre aprende alguma coisa nova."

Tania volta a exercer pressão sobre os nós da flauta, bem onde parece ter uma ranhura. Para sua alegria, os nós cedem, dessa vez sem estalar. Não como se fossem rosqueados, mas sim ligados um ao outro, com a precisão possuída apenas por marceneiros excepcionais como seu pai. Ela remove completamente o rejunte e olha dentro do instrumento, de onde tira um pergaminho enrolado e ajustado com perfeição à espessura do bambu estreito que foi transformado em um instrumento musical.

Ao retirá-lo, percebe que também é feito de fibras de bambu. Na escola de Mapai não usam papel desse tipo, porque sua preparação exige muito esforço. Os alunos usam folhas de papel feitas de fibras e resinas vegetais de outras plantas, muito úteis aos seres humanos amazônicos.

Tania não consegue evitar um leve tremor em suas mãos enquanto desenrola o documento. Tem quase um metro de comprimento. A sua largura, é claro, é um pouco menor que a da flauta. Foi escrito à mão, com uma letra uniforme, tão clara e legível como aquela obtida com impressoras modernas. Identifica o traço das letras. Sem dúvida, é a caligrafia de seu pai. Volta a enrolar o pergaminho, levanta-se da cadeira, tira os sapatos, sente a doce sensação das fibras vegetais sob os pés, caminha um pouco, recosta-se na cabeceira da cama. Descansa a cabeça sobre o travesseiro, tenta se acomodar até se sentir confortável e volta a desenrolar o pergaminho, dessa vez devagar. Palavra por palavra, linha por linha, Tania lê em voz baixa.

Para Tania. Ser como o bambu.

Querida Tania, morro com a convicção de que você sentirá muito a minha falta. Isso me deixa triste, mas, ao mesmo tempo, traz-me satisfação e orgulho. A saudade que você experimenta agora é uma prova do quanto minha existência foi capaz de complementar a sua, apesar do pouco tempo que passamos juntos na Terra.

Você padece agora de uma sensação de vazio interior. Eu a conheço muito bem, todos sofremos assim após a partida definitiva de um ente querido. Nunca passa, porque esse vazio jamais será preenchido; mas não se preocupe, a sensação acalma com o passar do tempo, o ir e vir da vida, o amor e a luta diária para tornar nossos sonhos realidade.

Comparada ao tempo e ao universo, a vida é um instante fugaz, mas isso é muito bom. Sabe por quê? Porque, graças à brevidade da vida, o homem grato sente a necessidade de aproveitar sua existência. Eu senti essa necessidade. Meu grande anseio sempre foi aproveitar a vida; eu temia perder tempo, ou que ele escapasse por entre os meus dedos em um piscar de olhos.

Nunca fiz nada de extraordinário, apenas lutei por meus sonhos e, em todos os momentos, ofereci a você e seus irmãos o máximo de carinho.

Tentei ser um bom pai, apesar das circunstâncias muitas vezes adversas. Fiz o possível para prepará-los, mostrar-lhes o caminho da virtude e, o mais importante, treiná-los para caminharem com discernimento, amor e otimismo.

Em geral, a senda da virtude é estreita. Nem todos os caminhos longos conduzem necessariamente a fins virtuosos.

Não me interprete mal, Tania, nunca se esqueça disso! Você é muito jovem. É possível que ainda não entenda muitos dos meus atos, mas com o desenvolvimento natural da vida e novos acontecimentos, você chegará a compreendê-los. Você perceberá que cada um deles foi motivado pela força do amor, da razão e da paixão.

Depois de viajar pelo mundo e conhecer os cinco continentes, voltei com sua mãe, seus irmãos e um pequeno grupo de seguidores ao que há de mais simples, ao que há de mais importante: a essa floresta, tomando o bambu não apenas como sustento material, mas também como apoio para uma filosofia de vida.

O bambu guarda, humilde e calado, uma belíssima filosofia! Graças a ela, enfrenta-se a vida de um modo digno de elogios.** Essa filosofia se tornou meu padrão de vida há muitos anos. Você sabe disso melhor do que ninguém. Considero o bambu uma planta nobre, útil e sábia — **um presente divino.

A sabedoria nem sempre exige palavras para mostrar sua grandeza!

Morro com a certeza de que o meu feito mais acertado, e que atingiu maiores proporções, foi a criação de Mapai, sustentada pre-

cisamente pela ética do bambu, da qual você é a filha mais pura. Graças a Mapai, conseguimos conviver durante anos em harmonia, como uma família. A vontade e o amor conferem valor às pequenas coisas. Nossa linda comunidade é isso: vontade e amor!

Meu testamento deve ter surpreendido você, não tenho dúvidas. Só Deus sabe quantas vezes você exclamou em silêncio: "O palácio de bambu para Khalan, o barco para Kamon, e, para mim, a flautinha velha e surrada! Por quê? Como meu pai pôde fazer isso comigo?"

Talvez até tenha sido visitada pelo duende do desencanto em algum momento. Não é preciso mais que alguns segundos para percebermos a imensa superioridade, o valor tangível e o conforto do que deixei para seus irmãos se comparados a uma simples e velha flautinha — caso se observe apenas a forma, o tamanho e a utilidade material.

Os seres humanos jamais devem ser forçados a nada. Devem fazer aquilo que o coração pedir e a mente aprovar. Respeite sempre o sentimento alheio, mesmo o de seu irmão, que tem muito pouco de alheio!

Khalan, por sua vez, tem o "palácio de bambu". Assim como Kamon, ele tem um coração generoso, e jamais impedirá que esse "palácio" seja seu também. Morro com essa convicção. Khalan, como você, sente-se um filho genuíno da comunidade. Ele tem uma vantagem sobre Kamon: é mais jovem, e uma desvantagem em relação a você: não nasceu aqui.

A imagem física, estética, confere muitas vezes um valor irreal às coisas. Aquilo que agrada aos olhos não deve ser ignorado, mas em algumas ocasiões não é capaz de revelar o valor real das coisas.

Tania, confesso que submeti você a uma prova! Se agora você encontrou o manuscrito e está lendo, saiu-se muito bem, e todos vencemos, porque você viu algo além de um simples presente, além de uma velha e pequena flauta de bambu.

Você levou muito a sério minhas palavras, quando sugeri: ***"Antes de seu aniversário, tente descobrir o segredo que o bambu guarda para você."***

Isso quer dizer que, embora no início você tenha observado apenas com os olhos, depois o fez também com o coração e descobriu seu segredo, desvendou o essencial.

Como estou orgulhoso!

Você não parou até descobrir o mistério que a flauta de bambu escondia em seu interior.

Nesse caso, não é o mistério que transforma as energias negativas em positivas. É o que contém, e não estou sendo presunçoso, meu legado mais valioso: o manual de que dispus para guiar todas as ações de minha vida depois que viajei pela primeira vez ao lindo país que é a Tailândia.

No dia de nossa morte, todos nossos bens materiais podem ser dados a outra pessoa, pois não temos mais controle sobre eles. Mas aquilo em que acreditamos e que guiou nosso comportamento durante a vida desaparece para sempre se não soubermos transmitir aos outros. É muito egoísmo não fazer isso, sejam quais forem os motivos!

Não foram poucas as pessoas neste mundo que começaram a se interessar por tudo o que está "além" do material. Começam a ver com o coração. Cada dia há mais pessoas convencidas de que, embora desempenhem um papel importante em nossas vidas, nossos bens tangíveis não são a única fórmula possível para a felicidade.

Não deixei de presente para você um barco ou uma casa, nenhum bem de uso importante. Deixo apenas uma flauta simples que fiz anos atrás e esconde em sua alma meu segredo: a filosofia que norteou minha vida, e proponho que você a coloque em prática quando deixar de ser princesa e se tornar a rainha do bambu.

Essa é a parte de mim que partiria comigo se eu não a compartilhasse com alguém. E esse alguém, a pessoa que escolhi, é você... Porque Mapai precisa de uma "rainha", uma guia. Você tem as virtudes necessárias para cumprir esse papel. Você é (e não por ser minha filha) um símbolo, o nosso resultado mais puro. Se você batalhar, conseguirá ser coroada.

Encare meu legado como um resumo de minha conduta de vida, minha experiência de 84 anos, e aceite-o como um sinal de amor e confiança. Entrego em suas mãos a arma capaz de manter Mapai viva, apesar da cisão que, tenho certeza, florescerá depois da minha morte.

Por que você?

Porque é a filha mais genuína de Mapai, nasceu aqui. Não está contaminada, é um diamante em estado bruto. Conforme lapida sua alma com a ajuda de todos aqueles que a amam e estiverem ao seu redor, terá a capacidade de refinar ainda mais o trabalho que começamos aqui na Amazônia há mais de 15 anos.

Quando concebemos Mapai, decidimos reconhecer o bambu não apenas por seus benefícios materiais, mas acima de tudo por seu significado, por seu valor intangível. Esse é o seu segredo, que não é estampado em etiquetas nem medido em polegadas ou centímetros, tampouco pesado em balanças precisas e modernas.

Falei a você em ocasiões anteriores sobre essas características do bambu. Foi um exemplo para a minha vida e, é claro, para os habitantes de Mapai. Aqui no vilarejo, todos agimos seguindo seus passos, mas agora vou colocá-las no papel pela primeira vez para que você sempre se lembre delas, aproprie-se das ideias, permita que elas guiem seus passos pelo mundo e as coloque em prática em prol dessa comunidade e de seus objetivos. Além disso, deve compartilhá-las com todos os seus habitantes. Se fizer isso, vai adquirir a ascendência que um verdadeiro líder necessita.

Lembre-se de que quem lidera não necessariamente precisa mandar. Mas influencia bastante... Influencia como o bambu tem influenciado a todos! Leia com bastante atenção.

Cresça internamente.

Conta uma lenda japonesa que um sábio professor levou em certa ocasião seus discípulos mais jovens para semear bambus. Entusiasmados, os garotos se prontificam a espalhar as sementes e regá-las todos os dias.

Ao fim de quatro ou cinco meses, ficaram entediados e deixaram de cumprir suas tarefas.

— Não está florescendo — comentam os discípulos entre si.

Sete anos depois, quando ninguém lembrava mais das sementes de bambu, já na época de terminar o colégio, as plantas começaram a florescer. Em seis semanas, as varas de bambu cresceram vinte metros. Os mesmos alunos, já mais velhos, expressaram sua admiração ao professor.

— Em apenas seis semanas, cresceram vinte metros!

— Seis semanas não! — retifica o professor. — Levaram sete anos!

Uma bela moral! Como o bambu, você deve fincar raízes sólidas e profundas que lhes permitam sustentar cada uma de suas ações durante a vida.

Fortaleça seu mundo interior, conheça a si mesma antes de sair e conquistar o mundo ao seu redor. O sucesso exige um longo processo de incubação, requer muita paciência. Essa é a chave, paciência! Também demanda muito esforço e dedicação. Quando agir assim, quando o sucesso germinar, você terá um crescimento tão rápido quanto o do nobre bambu, pois estará apoiada em uma base sólida.

Foi por isso que Mapai cresceu! Além do amor, a vila é respaldada pelos ideais que foram crescendo e se aprofundando com o passar dos anos. Nada é improvisado em Mapai. Tudo foi alcançado com paciência, muita paixão e perseverança no dia a dia.

Alguns, alheios à virtude da paciência, esforçam-se para atingir um sucesso rápido. Tentam encontrar o caminho mais curto para alcançar suas aspirações. Não compreendem que o sucesso e a felicidade são o corolário do mais profundo crescimento interior do ser humano, tampouco a harmonia entre o "eu interior" e o mundo ao seu redor.

É só então que começamos a ter consciência de nós mesmos, do que somos, e ao mesmo tempo percebemos o que não somos. Crescer internamente é aprender.

Fortaleça suas raízes, conheça a si mesma, e então aja sem medos ou preconceitos, com paixão, amor e otimismo. Em seguida, cresça como o bambu. Alastre-se.

Busque as alturas.

Já com raízes profundas, bem sólidas no terreno da vida, tente chegar mais alto a cada dia, caminhe sempre em busca do céu, conquiste as alturas, nunca deixe de sonhar alto, não pare, jamais se dê por satisfeita e muito menos por vencida. Essa é uma das grandes virtudes que sempre admirei no bambu.

Não é uma expressão da ganância, mas a forma mais virtuosa de cumprir nosso papel na vida. Não existe nada mais virtuoso que o bambu! Depois de romper o solo, ele nunca mais para!

Estabeleça como propósito de vida ir sempre além e tentar chegar mais alto, de modo que nenhum arbusto seja capaz de lhe fazer sombra. É a única maneira de tornar realidade sonhos novos e mais abrangentes. Agir como recomendo não é jogar o jogo da ganância ou da ambição excessiva, mas cumprir nossa razão de existir e prestar homenagem ao imenso privilégio com o qual fomos abençoados: a inteligência.

Se você não proceder de acordo com esse privilégio, estará fugindo da responsabilidade que lhe foi atribuída como ser humano. É como ter asas e medo de voar. Um sinal de ingratidão. E tenha em mente que os ingratos jamais alcançam a verdadeira felicidade.

Não se contente com o que conseguiu, seja muito ou pouco. Isso não significa ser ingrata. Pelo contrário, é uma forma de expressar sua gratidão à vida e chegar a se tornar uma pessoa melhor. Não que você deva lutar contra os outros: lute sempre contra suas próprias limitações, com otimismo e inteligência, e você triunfará. Como o bambu triunfa!

Seja flexível.

Além de fixar raízes profundas para crescer e se sustentar, o bambu é flexível. Se você olhar de perto, notará que tem as características de uma planta fraca: é longo e muito fino. À primeira vista, qualquer um o acharia incapaz de resistir ao menor ataque da natureza.

Mas o bambu conhece sua fraqueza e não a subestima. Por isso é sábio e, consequentemente, poderoso. Adapta-se à realidade, torna-se flexível, inclina-se na medida em que o vento fica mais forte ou a neve cai em maior quantidade. Não é um paradoxo: na flexibilidade reside a sua força.

Quando cresce, o bambu está pronto para suportar tudo na vida. Nada é capaz de quebrá-lo, mesmo que carregue os fardos mais pesados. Adapta-se ao ambiente e às condições externas. Não faz mais que se ajustar à realidade. Uma atitude intransigente nunca é bem recebida.

Sempre tente chegar ao céu, como o tronco alongado do bambu, mas nunca se deixe vencer por um fracasso momentâneo. Prepare-se para a pior das situações e seja firme, mas consistente. Não se deixe arrastar por ideias rígidas e limitadoras, que são a mãe do imobilismo. Jamais ignore suas fraquezas. Todos temos as nossas.

Mais do que nunca, Mapai precisa de um líder forte, mas compreensivo e bastante flexível, experiente e inteligente, adaptado à realidade de cada momento, que não se desvie dela e possa conduzi-la da maneira mais correta.

Evite a rigidez. Prepare-se para a mudança, ainda que sinais brilhantes, falsos desígnios ou ideias distorcidas incutidas nas mentes humanas empurrem você na direção contrária.

Às vezes, você precisará enfrentar resultados negativos em sua empreitada. Talvez precise se dobrar, mas resista como o bambu. Jamais desista, não se deixe quebrar, aguente o golpe e tire proveito dele, extraia experiências, supere-o e cresça ainda mais.

Uma árvore vigorosa, mas rígida, muitas vezes não resiste ao embate contra o vento. No entanto, nenhuma tempestade, por mais forte que seja, é capaz de destruir uma obra germinada nas profundezas, flexível, nobre e generosa como o bambu.

Quem age assim é premiado pela vida, como eu fui. E você é um desses prêmios!

Seja humilde e bondosa.

Diz um ditado asiático que, quando semeamos um pedaço de bambu, colhemos a vida inteira. O que é um exemplo de humildade, gratidão e bondade! Trabalhe com o propósito de construir uma obra proveitosa para dotar sua vida dessas três virtudes.

Jamais se esqueça do que é louvável e útil para todos e sempre demonstre sua gratidão. O bambu não poupa qualidades, nem você: observe o exemplo da planta e cresça até o céu.

Uma pessoa grata e bondosa sempre recebe em troca mais bondade e gratidão! Busque sempre uma interação harmoniosa com os outros, tanto espiritual quanto materialmente, entre o universal e o seu mundo interior. Se espalhar alegria e amor, terá alegria e amor. Se for bondosa, a vida também a recompensará com bondade.

Nunca oculte a sua beleza, porque você será mais bonita e tornará mais bela e agradável a vida dos demais. Mas coloque na cabeça a ideia de que você jamais deverá se transformar em um adorno oco e insignificante. A vida não é um presente divino para servir apenas de enfeite; devemos lutar por ela e transformá-la.

Não ostente. Se você se tornar um ser humano extraordinário, tenha orgulho sempre, mas com a simplicidade e a humildade do bambu. Lembre-se de que seu tronco praticamente não tem folhas e suas flores mal podem ser vistas; contudo, sua grandeza interna e seus benefícios vão muito além de sua humilde presença.

A humildade é uma das virtudes mais ilustres e luxuosas do ser humano. Ela germina da paciência, da prudência, da tolerância, da bondade e do comedimento. É uma expressão infinita de força. É assim que o bambu cresce: sem ostentar, cheio de humildade. Seu exemplo e sua utilidade vêm da simplicidade!

Seja útil sempre.

Eu disse antes que o bambu tem uma fartura de qualidades e fixa raízes profundas. Isso faz dele uma planta bonita e útil. Aqui em Mapai, percebemos sua utilidade a cada passo.

Graças a ele construímos casas, pontes, canos para a água, tecidos, papel, zarabatanas... até flautas! Alimentamo-nos de seus talos tenros, produzimos medicamentos. O bambu é muito útil!

Qual é a melhor maneira de imitá-lo? Quanto mais nós, seres humanos, preparamo-nos para a vida, mais úteis somos. Por isso, precisamos aprender mais a cada dia. Nunca deixe de fazer isso. Assim como a bela planta, nunca deixe de crescer.

Jamais deixe de aprender, para o seu bem e o de todos. Assim você será mais útil e, quanto mais útil se tornar, mais multiplicará sua bondade. Amamos o bambu porque ele é útil e bondoso! As pessoas mais admiráveis são também as mais úteis e bondosas.

Viemos à vida para realizar nossos sonhos, mas também para sermos úteis e melhorarmos o mundo. A melhor forma de fazer isso é nos preparando para lutar por tudo aquilo que desejamos, e assim alcançar o sucesso.

Apoie-se no coletivo.

O ser humano é um animal gregário que desenvolve sua vida na coletividade. Primeiro dentro da família. Depois, amplia esse instinto de vida em conjunto e se casa, tem filhos; forma um coletivo de trabalho, tem amigos, conhecidos e vizinhos.

Mapai é formada por um grupo de pessoas sonhadoras, espirituais e admiradoras da natureza. Aqui somos todos um só — é por isso que o vilarejo resistiu todos esses anos. Lembre-se de que o bambu não nasce nem se desenvolve sozinho. Brota na coletividade, e isso o torna ainda mais forte. As varas protegem umas às outras. O vento poderá castigá-las e até soprar entre elas, mas não as domina.

Essa é a força de quem vive em conjunto!

Não se separe de seu povo. Aí você encontrará respaldo. Escute as opiniões dos outros. Desse modo, poderá pedir conselhos sempre que precisar, e o apoio de um amigo quando mais precisar. Posso garantir que isso é algo lindo!

Tania interrompe sua leitura por alguns instantes. Não consegue conter as lágrimas. Em primeiro lugar, pela lembrança do pai recém-falecido, e em segundo porque acha que foi injusta com ele ao avaliar seu presente de modo equivocado.

"Julguei-o apenas por seu possível valor material. Como não imaginei que, em seu interior, a pequena flauta de bambu guardava um segredo tão valioso?", pergunta-se Tania, reprovando sua atitude.

— Quando Yandú disse que meu pai havia pensado na pessoa que poderia substituí-lo na liderança da comunidade, nunca passou pela minha cabeça que poderia ser eu. Sou a sua escolhida! — exclama, em meio a uma mistura de preocupação e admiração. — Tenho que consultar meus irmãos e Yandú sobre isso. Preciso de seus conselhos.

Tania se acomoda na cama outra vez e lê os últimos parágrafos do documento escrito por seu pai.

Revelei minha maneira de agir na vida, meu segredo, o mesmo segredo que guarda o bambu. Muitos na comunidade conhecem esse segredo e agem de acordo com seus preceitos. Também é o segredo de muitos dos que apoiaram esse projeto desde o início.

Como eu disse, é a primeira vez que o escrevo de maneira tão direta, embora também o mencione em meu livro...

Em qual livro?, pergunta-se Tania, espantada. *Estou quase acreditando que meu pai tinha mais segredos que o próprio bambu!*

... onde conto a história de minha vida. Tenho certeza de que ele será interessante para alguém. Nunca é demais compartilhar nossas experiências, contanto que não pequemos por vaidade. Eu o escrevi com as melhores intenções do mundo e, é claro, não poderia deixar de fora meu grande aliado, meu guia espiritual: o bambu.

Antes de terminar, quero resumir para você em apenas algumas palavras, a essência desta mensagem. Essa essência não é mais que o famoso segredo que guarda o bambu, e que passa despercebido a um olhar distraído...

- Crie raízes profundas antes de partir para a conquista de sua realidade e se lançar à busca por seus sonhos.
- Seja flexível, nunca se quebre, mesmo que às vezes pareça que a vida está muito difícil.
- Pratique a humildade.
- Seja grata e bondosa.
- Prepare-se para ser útil em muitos aspectos da vida ao mesmo tempo e nunca deixe de aprender.
- Apoie-se no coletivo. Escute os outros. Lembre-se: você é um animal gregário.

Também acho necessário dar alguns conselhos para a hora de agir. Em minha vida, eles mostraram bons resultados.

Nunca perca a paciência. Persevere e ame com paixão, não prejudique ninguém ao buscar o que deseja e aspire sempre às alturas.

Você é a flor mais pura de Mapai, nada a contaminou. Se quiser mesmo dedicar sua vida aos nossos sonhos, deixo aqui o meu legado. Faça o uso que desejar. Despeço-me com um pensamento de alguém muito amado pelos jovens, porque dedicou seu talento a eles. Refiro-me a um cubano ilustre do século XIX, José Martí: "A juventude é a idade do crescimento e do desenvolvimento, da vivacidade, da imaginação e do ímpeto."[2]

Você é jovem e dispõe de todas as qualidades citadas por Martí. Somado ao ímpeto da juventude, o segredo do bambu garantirá o seu sucesso. Mapai sempre será grata a você.

Esse é o meu presente. Bem enrolado, cabe dentro de uma flauta estreita, mas quando aberto pode contribuir bastante para a sua felicidade e a dos outros, pois carrega a força, a humildade e a nobreza do bambu.

Um beijo!

Seu pai.

Tania aperta o pergaminho contra o peito por alguns minutos, até que decide enrolá-lo outra vez e guardá-lo. Senta na cama e o coloca não na pequena flauta, mas em uma gaveta do criado-mudo.

A jovem não se perdoa por ter pensado que o pai fizera pouco caso dela. Comparou os presentes de seus irmãos com o seu porque, naquele momento, não teve a capacidade emocional de entender que o principal na vida nem sempre é determinado pelos bens materiais, e que o maior dos presentes poderia estar embrulhado apenas em espiritualidade: um simples abraço, um sorriso, uma flor... uma flautinha velha!

Meu pai me disse isso muitas vezes. Como não fui capaz de entender desde o início? Tania repreende a si mesma, sente as lágrimas correndo pelo rosto. É tomada por uma sensação profunda de tristeza e pesar. *Fui injusta, muito injusta com meu pai! E também rude, muito rude...! Deveria ter percebido desde o início de que era um de seus truques.*

Nesse momento, fecha os olhos e vê a imagem do pai coçando a cabeça com uma expressão engraçada nos olhos, duas de suas principais características. Em meio às lágrimas, não pode deixar de dedicar a ele um pequeno sorriso.

Preciso falar com Yandú, com meus irmãos e com todos que puder em Mapai. Devo ensinar a eles o verdadeiro legado do meu pai, o compromisso com o qual fui abençoada, porque a responsabilidade de manter Mapai viva é uma bênção para mim.

Leva a flauta aos lábios e sopra: o ar corre sem encontrar obstáculos pelo interior do pequeno instrumento, soando como sempre soou... Já não guarda mais segredos.

Depois de ler o manuscrito de Huáscar duas vezes, Yandú, Kamon e Khalan trocam olhares. Cada um espera que o outro rompa o silêncio. Tania os acompanha. Estão sentados no chão do palácio de bambu, na sala, no mesmo lugar onde presenciaram a holografia de Huáscar transmitindo-lhes seu legado.

Todos têm a voz embargada pela emoção. Hoje, a admiração por seu pai aumenta. Se há algo de que os três se arrependem é de não terem pensado que a flauta como herança era mais um ato criativo daqueles que marcaram a vida de Huáscar.

Pelo menos Yandú tem essa satisfação. Em determinado momento, pensou que "naquele mato tinha cachorro" e não se equivocou. É justamente ela a primeira a falar.

— Desde o primeiro minuto que conversei com seu pai naquela tarde, quando cheguei a Mapai, percebi os seus planos para Tania. Foi ele quem a batizou de princesa do bambu. Quem é a princesa...?

Fica em silêncio por um instante, antes de responder ela mesma.

— É quem substitui o monarca. Fazia isso em sentido figurado, é claro. Não se considerava um rei, não mesmo, mas isso tem muito significado.

— Admito que sempre pensei que era apenas uma forma carinhosa de chamá-la, sem outras intenções — diz Khalan.

— Eu também — concorda Tania com timidez.

— As duas coisas — opina outra vez Yandú. — Era uma maneira carinhosa de chamar Tania, mas na verdade Huáscar sempre a viu como o fruto mais puro de Mapai. Tania nasceu aqui, mora aqui, conhece todos os seus segredos, ama a floresta. Se pensarmos bem, ninguém melhor que ela para ser a nova guia da comunidade.

— Ela é muito jovem, Yandú — diz Kamon com certo ar de ceticismo.

— Isso não tem nada a ver — responde a mulher. — Nas civilizações indígenas, muitas vezes alguém jovem como Tania precisa tomar conta da tribo por alguma razão.

É interrompida pelo ímpeto de Kamon.

— Mas, com todo o respeito, não estamos em uma tribo. Em Mapai moram cientistas, médicos e cibernéticos, para mencionar só alguns profissionais. Além disso, é preciso ter amor pelo que fazemos, talento e experiência. Tania tem amor de sobra, não há dúvidas. Também estudou muito, apesar de sua pouca idade, mas ainda não o suficiente. E o mais importante: não tem experiência.

— Mas temos uma vantagem sobre o jovem chefe da tribo que ainda não foi mencionada, Kamon — explica Yandú ao filho mais velho. — Podemos preparar Tania. Temos plenas condições de ajudá-la com nossos conhecimentos e experiência.

Com o manuscrito aberto em suas mãos, Khalan começa a ler alguns de seus parágrafos.

— Você tem razão, Yandú. Se lermos o manuscrito de nosso pai com atenção, veremos que não foi escrito apenas para Tania, mas para toda Mapai. Nosso pai falou assim em um trecho, escutem bem:

"Falei a você em ocasiões anteriores sobre essas características do bambu. Foi um exemplo para a minha vida e, é claro, para os habitantes de Mapai. Aqui no vilarejo, todos agimos seguindo seus passos, mas agora vou colocá-las no papel pela primeira vez para que você sempre se lembre delas, aproprie-se das ideias, permita que elas guiem seus passos pelo mundo e as coloque em prática em prol dessa comunidade e de seus objetivos. Além disso, deve compartilhá-las com todos os seus habitantes. Se fizer isso, vai adquirir a ascendência que um verdadeiro líder necessita."

Khalan lê outro parágrafo e enfatiza ainda mais suas palavras.

— *"... é a filha mais genuína de Mapai, nasceu aqui. Não está contaminada, é um diamante em estado bruto. Conforme lapida sua alma com a ajuda de todos aqueles que a amam e estiverem ao seu redor...*"

Ele dá maior ênfase quando fala "com a ajuda de todos aqueles que a amam e estiverem ao seu redor".

— "... *terá a capacidade de refinar ainda mais o trabalho que começamos aqui na Amazônia há mais de 15 anos.*" Nosso pai deixa bem claro que Tania é simbólica, mas devemos ajudá-la exatamente naquele que é seu maior ponto fraco: a experiência. Somos as pessoas que, como disse nosso pai, "a amam e estamos ao seu redor".

Todos concordam.

— Mapai precisa de uma "rainha", uma guia, mais do que nunca — afirma Yandú com convicção. — Tania, você tem as virtudes necessárias para desempenhar esse papel. É um símbolo, seu pai não se equivoca ao dizer isso. É o que já foi feito de mais puro no vilarejo. Portanto, ainda que eu não seja da família, tenho convicção de que você é a mais indicada para lapidar ainda mais a obra de Mapai, obra essa que foi começada por seu pai.

Tania permanece calada. Todos olham para a adolescente.

— O que você acha? — pergunta Kamon.

— É uma grande honra ter sido escolhida pelo papai. Fiquei muito surpresa. Reconheço que jamais pensei nisso e estou um tanto confusa. Admito também que fiquei um pouco decepcionada quando vi que meu presente era a flautinha.

O momento fica mais descontraído e todos sorriem com as palavras de Tania. A bem da verdade, todos tiveram a mesma sensação quando Tania abriu o pequeno baú. A adolescente prossegue em sua fala.

— Reitero que é uma grande honra, mas também não posso negar que tenho medo de não ser capaz de cumprir o desejo de meu pai. Até certo ponto, traí a confiança dele. Dói muito confessar isso.

— O que você quer dizer com isso, irmãzinha? — pergunta Khalan, muito preocupado.

— Quero dizer que não sou perfeita, que houve um momento em que, chateada por causa do presente, tive a ingratidão de questionar minha permanência no vilarejo. Até pensei em me mudar para Tarapoto e morar na antiga casa de nossos avós. Comparei um desfile de modas em Lima com os vestidos que ganhei de aniversário, imaginei como seria a cidade, os automóveis, teatros, tudo que existe lá fora. — Fica pensativa por um momento e, então, continua. — Estou contando isso para que saibam que não sou tão perfeita quanto nosso pai afirma.

Após as palavras de Tania, há alguns segundos de profundo silêncio. Kamon decide falar primeiro.

— Mas nosso pai nunca disse que você é perfeita. Ninguém aqui é perfeito. Ele só afirmou que você é a criação mais pura. Nunca disse "a criação perfeita" — aponta. — Pensei em partir diversas vezes e continuo pensando nisso. Khalan também não é perfeito. Às vezes, é mais introvertido do que o ideal e, por mais que eu ensine, nunca aprendeu a pescar, mesmo sabendo que a pesca é importante para nós. E Yandú... — Kamon titubeia, não consegue formular direito a frase, mas termina. — Bom... Yandú, imagino que também tenha seus defeitos.

Nesse momento, os olhares de Tania e Yandú se cruzam. Um sorriso travesso, quase imperceptível, surge no rosto de ambas.

— Portanto, não há por que se afligir. Pelo contrário — conclui Kamon.

— Mas tem outra coisa — objeta Tania.

— Outra? — perguntam os irmãos quase ao mesmo tempo. Yandú começa a se divertir com a cena.

— Tenho medo, muito medo. Se fracassar, seria uma traição à memória de nosso pai. Além disso, Kamon não confia em mim.

— Eu confio em você. Só disse que falta experiência, mas não há dúvidas de que podemos ajudá-la — esclarece Kamon.

— Você a apoiaria, Khalan? — pergunta Kamon.

— Claro que sim! — responde convicto o irmão menor.

— E você, Yandú?

— Claro que sim, também apoiaria.

— Sendo assim, se vocês me apoiam, estou disposta a lutar para me tornar o símbolo de Mapai conforme meu pai sugere no pergaminho. E se a comunidade assim decidir em algum momento, também estou disposta a me tornar líder.

— Assim que se fala, irmãzinha! — As palavras de Khalan saem cheias de orgulho.

— De qualquer jeito — continua Tania —, precisamos ser mais conscientes do que nunca de que Mapai está dividida e sua existência corre perigo. Por isso, em honra à memória de nosso pai, devemos começar a lutar já para que não desapareça. Mapai ainda tem muito a mostrar para o mundo. A filosofia que nos guia está em nossas mãos e é fundamental. Vivemos cercados pelo bambu, e a Amazônia espera muito de nós. O vilarejo deve enviar ao mundo uma mensagem de harmonia, paz e amor à natureza com mais força do que nunca.

As palavras de Tania deixam todos comovidos. Sua fala deixa bem claro que não é uma adolescente qualquer. Apesar da idade, argumenta com firme convicção. É inteligente e entusiasmada. Ainda que não seja perfeita, é a flor mais pura de Mapai, como dissera seu pai.

Mais cedo ou mais tarde, Tania conhecerá a civilização. Poderá viajar a Lima, Nova York, Paris, para onde quiser, basta se apresentar uma chance. Nada nem ninguém tem o direito de proibi-la. É uma pessoa livre. Terá a possibilidade de comparar e escolher o mundo que deseja para si e para seus filhos, porque Tania também conhecerá o amor. E nenhum ser, humano ou divino, pode garantir que esse sentimento não irá arrastá-la com a mesma força telúrica que demonstrou ao arrancar Yandú de suas raízes ainda jovem. Sua vida será suscetível às mudanças, como deve ser, e ela tomará suas decisões. Mas agora não há ninguém como Tania em Mapai para incorporar o símbolo da comunidade, como pediu seu pai. Embora sinta medo, ela assume a tarefa com toda a sua valentia.

Tania tem consciência de suas fragilidades. Uma líder não surge por nomeação. O caráter e as capacidades naturais exigidas não podem ser aprendidos em nenhuma escola ou universidade. É fato consumado que existem algumas técnicas que ajudam a melhorar o trabalho de um líder, mas elas jamais transformarão alguém que não tenha as aptidões necessárias para ser um verdadeiro líder.

Será que Tania tem? Ela mesma se pergunta. Tenta responder a si mesma diversas vezes. Como farão para conseguir? Não encontra nenhuma resposta, não tem nem ideia.

Um alemão, um angolano e um japonês

A breve reunião familiar gerou muito trabalho para Tania, Kamon, Khalan e Yandú. Acreditam que a primeira tarefa seja informar a comunidade do conteúdo do pergaminho de Huáscar, enfatizando os desejos do velho líder de manter Mapai viva mesmo com sua ausência e sua proposta de transformar Tania em líder no futuro.

Serão necessárias centenas de cópias do documento; todos os habitantes devem ter pelo menos uma. Khalan fica encarregado dessa tarefa. Só faz isso porque Kamon alegou que não pode se afastar de seu trabalho fundamental, ou seja, fornecer peixes aos habitantes de Mapai — tanto aqueles que pesca todos os dias no Amazonas como os que cria em cativeiro, onde se adaptam e se reproduzem bem, mas exigem uma série de cuidados.

Como integrante do grupo que dirige Mapai após a morte de Huáscar, Yandú fica responsável por consultar os demais membros sobre o pergaminho da flauta. Os integrantes do grupo foram eleitos por voto direto e secreto dos habitantes, em uma demonstração genuína de democracia típica da sociedade de Mapai.

— Seria uma irresponsabilidade fazer de outra maneira. Significaria uma falta de respeito com o resto do grupo que, atualmente, representa a autoridade máxima do vilarejo — Yandú explica a Tania pouco antes de partir ao encontro com três personalidades distintas, grandes amigos de Huáscar.

A reunião acontece no pequeno escritório onde trabalhavam Huáscar e alguns de seus assessores mais próximos, quase todos os membros do grupo a que Yandú pertence. Sua autoridade é provisória, mas muito importante, se considerarmos que o grupo é responsável por manter e dirigir o funcionamento e a ordem no vilarejo.

A casa está localizada na extremidade da praça oposta ao palácio de bambu. Para chegar até lá, Huáscar precisa passar pela escola e atravessar os jardins. O líder do Mapai passou a vida convicto de que o tempo que levava para atravessar a praça de um lado até o outro era o momento ideal para tomar conhecimento dos problemas da comunidade.

Ele afirmava que tinha a chance de conversar com alguns habitantes da vila, cumprimentar outros e até tomar café ou suco com eles. De vez em quando, almoçava ou jantava na casa de algum vizinho. Muitos convidavam, e ele aceitava de bom grado.

O trajeto entre sua residência e o escritório, que realizava três ou quatro vezes por dia, também permitia que Huáscar se relacionasse com todos os habitantes de Mapai e caminhasse bastante. A caminhada é um exercício essencial para todos, especialmente para alguém de sua idade.

Além disso, ele argumentava que o caminho oferecia uma oportunidade para desfrutar do cheiro da floresta e ouvir seus sons, que o atraíam como o canto da sereia atraiu Ulisses em sua viagem de volta para Ítaca, para se encontrar com Penélope após a guerra de Troia. Huáscar desfrutava daquele passeio diário até não poder mais.

— A pior coisa que uma pessoa pode fazer na vida — afirmou mil vezes — é viver e trabalhar no mesmo lugar, porque se priva da oportunidade de compartilhar com os outros e fica mais arredia, especialmente hoje, quando os escritórios e quartos estão cheios de aparatos eletrônicos que nos dizem o que fazer, aonde ir e até mesmo o que acontece neste instante a milhares de quilômetros, até mesmo quando estamos dormindo. Ah, isso é desumano! — exclamava o velho líder. — E tem outra coisa: o estilo de vida sedentário, dominado pela tecnologia, leva os seres humanos a uma das doenças crônicas mais perigosas do fim do século: a obesidade — alertava.

Ele cumprimentava todos que cruzavam o seu caminho e sempre sugeria:

— Sejam como a onça-pintada! Esse belo animal envelhece, mas não engorda. Morre magro e forte, porque anda diversos quilômetros todos os dias em busca de suas presas.

Todos em Mapai se lembram de Huáscar indo de um lado para outro, incansável, como são os verdadeiros líderes.

Yandú chega cedo ao pequeno local de trabalho do grupo de pessoas que, nesses tempos difíceis, dirige os caminhos de Mapai. Encontra-se com os três colegas, todos homens. Não por critérios patriarcais, mas porque são os mais competentes e admirados do vilarejo. Por isso foram eleitos para integrar um grupo tão seleto.

Um é alemão: Hanz Gunter; outro, japonês: Ikiro Fujiyama, como o famoso vulcão; o terceiro é o angolano Demetrio Alves. Este último conta ter nascido em uma tribo de ascendência mandinga, em um dos tantos *quimbos* que ainda existem em grande número nos territórios da África Subequatorial. Segundo sua descrição, era cercado de varas de bambu por todos os lados. Dentre outros apelidos carinhosos, chamam-no de "filho negro do bambu". Para ele, isso é motivo de orgulho.

Yandú entrega a cada um deles uma cópia do pergaminho e fica responsável por ler o documento em voz alta. Os três homens, nenhum com menos de setenta anos (parece um conselho de anciões), escutam com atenção. Além disso, acompanham cada palavra do que é dito.

Quando ela termina de ler, o japonês demonstra espanto, o alemão balança a cabeça, aparentemente concordando, e o africano ri e mostra sua impressionante dentição branca, que contrasta imensamente com sua tez negro-azulada.

Todos os eleitos são pessoas muito respeitadas e queridas no vilarejo, incluindo Yandú. Talvez um deles fosse mais indicado para substituir Huáscar, mas todos defendem que o próximo guia deve ser jovem. Argumentam, com razão e deboche, que quando começarem a morrer os membros da vila precisarão realizar novas eleições todas as semanas.

O japonês, que parece dirigir a reunião, pergunta ao africano por que ele concorda com a proposta de Yandú. Conhece Demetrio bem, e sabe que quando ri é porque concorda. Caso contrário, teria ficado quieto e impávido.

O homem responde com um famoso e profundo provérbio africano:

— **Se educamos um menino, preparamos um homem. Se educamos uma mulher, preparamos toda a aldeia.** Por isso, sempre pensei que Yandú poderia ser a próxima, mas se ela aceita Tania, tem a minha aprovação. Além disso, disse um mandinga cujo nome esqueci que **os rastros de pessoas que caminharam juntas nunca se apagam.** Tania caminhou com Huáscar por um período breve, mas tenho certeza de que os dois deixaram rastros. Yandú, conte com o meu apoio — assegura.

Yandú recebe suas palavras com satisfação.

O japonês olha para o alemão. Ao que parece, um olhar é suficiente para pedir que o outro exponha seu ponto de vista. O germânico, um loiro de olhos azuis e rosto rosado, responde com uma lenda do norte da Europa. Diz que talvez seja escandinava, mas não se lembra muito bem da origem.

— Certa feita, no norte da Europa — conta o alemão —, morreu um rei viúvo. Tinha três filhos: uma mulher que diziam ser muito bonita e dois homens. Além de bela, a filha era a mais inteligente e preparada para ocupar o trono, mas era a mais jovem dos três. Contudo, infinitos regramentos e tradições se interpunham no caminho de quem pretendia nomear uma mulher chefe do reino. Ainda mais quando a mulher era filha de um rei viúvo. Não sei por quê! — exclama, e continua com a lenda. — Por isso, era especialmente necessário que um homem fosse nomeado ao trono, de modo que o irmão mais velho foi entronado. Seu breve reinado foi um desastre transcorrido entre guerras e desvarios. Uma bela tarde, ele morreu atravessado por uma flecha inimiga. O segundo irmão, ciente de sua incapacidade, propôs que a irmã caçula fosse nomeada rainha. Depois de verem o desastre provocado pelo irmão mais velho, todos aceitaram. Conta a lenda que ela deu um fim à guerra, fazendo as pazes com seus inimigos e todos os países vizinhos. Governou por muitos anos e conduziu seu povo por caminhos de felicidade. E, hoje em dia, essa nação é próspera e muito rica.

— Qual é a moral da lenda? — pergunta o japonês.

— Não desconfie de mulheres belas e jovens — diz o alemão com firmeza, olhando para Yandú e rindo. — Todos conhecemos a opinião de Yandú, então ela nem precisa falar. Se os três aceitarem a proposta de Huáscar, só nos restará apoiar Tania, e muito, porque são tempos difíceis.

— Mas eu gostaria de conhecer seu ponto de vista — pede Yandú ao japonês que preside a reunião.

— Querida Yandú, depois da morte de Huáscar, que todos esperávamos que acontecesse cedo ou tarde, porque ele nos mantinha a par de seu estado de saúde, sempre achei que você seria a pessoa indicada para guiar os habitantes de Mapai.

— Obrigada, senhor — agradece Yandú com profundo respeito.

— Você ainda é jovem, conhece a selva e domina a filosofia do bambu — continua o japonês. — Mas não posso negar que a proposta de ter Tania como guia me entusiasma, sobretudo porque ela é muito jovem, o que atrairá outras pessoas de sua idade. Elas são as mais reticentes na hora de compreender a intensidade e a urgência de nossas ideias em toda a sua magnitude. Tania tem as mesmas inquietações, entende o que eles sentem. Se ela permanecer em Mapai para governar, teremos um argumento capaz de convencer os mais reticentes.

"Na própria família de Huáscar temos Kamon — continua o japonês. — Como ele, muitos jovens pretendem abandonar o vilarejo. Já cresceram ao lado de seus pais e à sombra do bambu, assimilaram sua filosofia e são pessoas magníficas, mas já são maiores de idade e têm o direito de decidir por si mesmos. Argumentam que, dominando a filosofia do bambu, a vida lá fora será mais agradável. Acho que essa é a verdadeira importância de elegermos Tania como nossa guia — esclarece o japonês. — Já que todos aqui citaram lendas e provérbios, quero trazer uma ideia de um psicólogo e escritor que nasceu em meados do século passado. Seu nome é Rick Warren e ele escreveu um livro famoso chamado *Liderança com propósitos*, que é muito útil nos dias de hoje, apesar de terem se passado tantos anos desde sua publicação. Warren disse: ***Liderança é influência, para o bem ou para o mal... Não podemos forçar ninguém a nos seguir, façamos o que façamos. É preciso inspirar as pessoas para que nos sigam.***[3] A missão de Tania será dura e consistirá fundamentalmente em persuadir e inspirar. Todos estamos dispostos a ajudá-la, sobretudo na forma de fazer isso. Contudo, não é isso o que mais me preocupa."

Todos prestam total atenção.

— O que mais me preocupa é que façamos disso uma disputa eleitoral. Esse sim seria o fim de Mapai. Nossos líderes não podem surgir de campanhas incisivas, nem de debates por vezes constrangedores. Precisam brotar de forma natural, como aflorou Huáscar, como faz o bambu, como cresce a árvore mais alta da Amazônia. Apoio Tania porque, além do fruto mais belo do vilarejo, considero-a o broto mais tenro do bambu, aquele que não para de crescer depois de ver a luz. Se não me engano, a julgar pela devoção e pelo amor que manifesta pela vila, Tania pode crescer muito.

Todos concordam com as palavras profundas do japonês. Propor Tania como guia de Mapai utilizando os mesmos estratagemas de um aspirante a prefeito de povoado seria desastroso para o vilarejo. Todos concordam com esse ponto de vista, mas... o que fazer? Como indicar Tania para guia de Mapai?

O africano dá uma ideia.

— Pelo que apurei, muitos na vila desejam homenagear Huáscar. Dizem que as honras fúnebres, embora estivessem à sua altura, não foram o suficiente. Acho muito correto prestar homenagem ao nosso líder na praça que ele cruzava todos os dias. Tania poderá falar durante a homenagem, expondo seu ponto de vista e explicando o que espera do vilarejo, quais são as suas expectativas e o significado que Mapai tem para ela. Se, apesar de sua pouca idade, conseguir a atenção de todos, tenho certeza de que receberá o apoio necessário; dentre outros motivos, por respeito ao seu pai. Mas, se fracassar e não conseguir passar sua mensagem, lamento por Huáscar, mas suas sugestões não serão levadas em conta. E lamento também... por Mapai.

— Digo isso a ela? — pergunta Yandú.

— Não, nada disso — responde o japonês. — A ideia do meu colega é muito boa, mas Tania não deve saber de nada. Principalmente para não se sentir pressionada. Seria muito difícil se soubesse tudo que está em jogo.

— Acho que o manuscrito não deveria circular entre os habitantes, ao menos até prestarmos homenagem a Huáscar. Pode influenciar a população a favor de Tania, o que pode ser ruim — sugere o alemão.

— Mas Khalan já está imprimindo as cópias para distribuir — alerta Yandú com preocupação.

— Mapai precisa dessa disposição juvenil para muitas coisas, mas não para essa. Deixe que imprima, mas não que distribua. Não devemos nos desviar das palavras de Huáscar. O pergaminho diz: "Aqui no vilarejo, todos agimos seguindo seus passos", referindo-se às características do bambu, "mas agora vou colocá-las no papel pela primeira vez para que você sempre se lembre delas, aproprie-se das ideias, permita que elas guiem seus passos pelo mundo e as coloque em prática em prol dessa comunidade e de seus objetivos. Além disso, deve compartilhá-las com todos os seus habitantes. Se fizer isso, vai adquirir a ascendência que um verdadeiro líder necessita." Ela é jovem demais. Vai adquirir essa ascendência com os caminhos e descaminhos da vida.

— Concordo, senhor. Falarei imediatamente com Khalan para que não distribua o documento.

Todos estão de acordo. Para Yandú, a reunião termina com uma mistura de satisfação e preocupação. Está livre para ajudar Tania a realizar os desejos de seu pai, mas mais do que nunca tudo depende da paixão, inteligência, perseverança e empatia que ela conseguir desenvolver com seus ajudantes.

Depois da decisão do conselho de Mapai, Khalan se dedica exclusivamente a investigar o que pensam os habitantes da comunidade. Ele constata opiniões diversas. Não tem nada de ilógico ou danoso nisso, se levarmos em conta as diferentes maneiras de pensar dos mapaianos. É uma comunidade muito heterogênea, embora não tenha mais que trezentos habitantes.

Muitos deles, que nunca tiveram ressalvas ao apoiar as ideias de Huáscar e acompanharam durante mais de vinte anos seu esforço para tornar aquele grande sonho realidade, imbuídos pela filosofia do bambu, consideram urgente enviar ao mundo uma mensagem de paz, trabalho, amor à natureza e incessante aprimoramento humano. Outros sustentam que Mapai já é um símbolo e cumpriu com folga seus objetivos. Agora é hora de partir e espalhar aos quatro ventos sua mensagem e as experiências vividas na comunidade.

Como explicou o japonês, muitos jovens preferem deixar a vila, morar fora dela ao menos por um tempo e aproveitar a oportunidade de cultivar uma opinião própria. Ou seja, viver a diferença, acumular indícios suficientes para escolherem por si mesmos o caminho que acharem adequado. Nenhum dos jovens nasceu em Mapai, todos chegaram muito pequenos à comunidade. Não são ingratos, só avaliam a possibilidade de, agora que são maiores de idade, decidirem eles mesmos os rumos de suas vidas. A única que nasceu na comunidade foi Tania.

Por iniciativa própria (inclusive sem consultar Yandú), Khalan pergunta a alguns em voz baixa se já têm em mente algum substituto para seu pai. Aos mais chegados, até sugere a possibilidade de que seja Tania e pergunta sua opinião. Alguns não a consideram um símbolo; outros, sim. Muitos dos que a consideram um símbolo concordam que ela é "a flor mais pura", como definia Huáscar.

Como esperado, o argumento predominante nas opiniões contrárias é a idade de Tania. Os mais céticos dizem a Khalan que sua irmã ainda não conhece a civilização. Ela tomaria decisões com base no quê?

— A única imagem que tem da vida moderna— explicam a Khalan — é aquela que circula nas redes sociais. Não raro, esses meios distorcem a realidade. Às vezes ela parece muito ruim, e em outras, melhor do que realmente é.

Mapai é um grande caldeirão de nacionalidades, raças, filosofias, religiões. É impossível que uma comunidade composta por pessoas de origens tão diferentes tenha uma opinião unânime, ainda que todos abracem uma filosofia tão bela quanto a do bambu.

Para manter a comunidade unida, e, mais importante, para mantê-la viva, será necessário um verdadeiro líder, alguém como Huáscar, com características naturais e intelectuais imprescindíveis para reunir os demais em torno de seus sonhos. É o que pensa a maioria dos mapaianos.

Tania se divide entre o desejo de cumprir o legado de seu pai e o medo de não conseguir se tornar de fato o símbolo de unidade que ele pediu que ela fosse e do qual depende a continuidade do vilarejo. Tania está ciente de todas as contradições e, é claro, fica muito inquieta, apesar do apoio incondicional que recebe dos irmãos e de vários seguidores do seu pai.

Após um dia difícil, Tania lê, pesquisa nas redes sociais, entra em contato pela primeira vez com a palavra "liderança". Utiliza todos os recursos técnicos de que dispõe — que não são poucos nessa época — para ler sobre o significado da palavra e as particularidades que caracterizam um líder.

Nesse momento, Yandú não está no quarto principal do palácio do bambu que agora as duas ocupam. É o mesmo quarto amplo e ventilado do terceiro andar que Huáscar utilizou — primeiro com Sabrina e, após o nascimento da filha, sozinho — por mais de 15 anos e onde morreu.

Aparentemente, Yandú saiu para conversar com membros do vilarejo após ter preparado uma refeição suculenta à base de sementes de cupuaçu grelhadas, um prato muito popular em toda a região amazônica, sobretudo em Iquitos. Seu sabor é agridoce e, segundo a apaixonada Tania, o que Yandú prepara é o melhor de Mapai. Também fez um suco nutritivo de maracujá.

Após se deleitar com o jantar saudável e requintado e antes de ser dominada pelo sono, a adolescente começa a vasculhar os documentos que o pai guardara na memória de seu velho computador. Sabe que a imensa maioria de seus papéis está guardada nas gavetas da mesinha diante da qual está sentada. Ela tem a chave. Não é eletrônica, mas daquelas antigas que funcionam com a combinação perfeita entre estrias e dentes. Hoje, contudo, ela decide explorar o mundo interno do computador de seu pai.

Interessa-se pelo conceito de líder. Lê dezenas de definições, mas uma chama mais sua atenção: "Um líder é aquele que tem a capacidade de influenciar um coletivo e guiá-lo para a conquista dos objetivos propostos. Além de sua influência sobre as pessoas, desenvolve e põe a serviço de seus objetivos as relações humanas positivas."

"Meu pai era assim... Mas como eu vou conseguir?"

Tania está desconcertada. O medo de não conseguir cumprir com as expectativas do pai cresce dentro dela.

"Como posso ser uma líder?", pergunta-se repetidas vezes. O sonho parece se distanciar. Fica nervosa, a indecisão se aninha em seu peito, suas mãos suam. "Ser filha de um líder não me dá esse direito nem essa capacidade. Mas no manuscrito ele diz que possuo as virtudes necessárias para manter Mapai viva, apesar das divisões causadas por sua morte. Mas tenho medo... Um líder pode sentir medo?"

Entre a dúvida e o temor, sentimentos exacerbados pela perda recente de seu pai, Tania vaga pelos caminhos das redes sociais e se conecta com o mundo sem rumo fixo. Mas não sem certo receio, pois teme encontrar outros argumentos que a convençam de sua incapacidade para enfrentar a tarefa para a qual foi designada.

A jovem foi ensinada, como todos os estudantes da comunidade, a utilizar o nanocomputador que carrega em um de seus dedos como um simples anel. Na escola de Mapai, graças ao apoio de organizações internacionais empenhadas em elevar os níveis de educação no vilarejo, os alunos têm acesso ao que existe de mais moderno em termos técnicos. São os mesmos equipamentos colocados à disposição dos alunos nas melhores escolas das capitais mais desenvolvidas do mundo.

O moderno minicomputador de Tania responde aos reflexos involuntários de seu corpo. Ou seja, ao movimento dos dedos, braços, pálpebras, lábios e até mesmo a um simples piscar de olhos ou um ligeiro aceno de cabeça.

"Como é maravilhosa a nossa nanocibernética!", Tania às vezes exclama admirada.

O sinal emitido pelo pequeno aparato não é enviado para uma tela externa, dirige-se diretamente ao lobo temporal do cérebro, pontos localizados atrás de cada têmpora encarregados de controlar as funções visuais e auditivas do corpo humano.

O computador que carrega em seu dedo é possível graças à chamada nanotecnologia, técnica capaz de reduzir em até dez mil vezes um transistor de silício normal como aqueles utilizados no primeiro quarto do século.

Huáscar nunca demonstrou resistência a esses avanços, embora se preocupasse com a chamada "corrente integrista", que defende a plena integração da máquina ao corpo humano.

Há duas décadas, hipóteses que sustentam essa simbiose entre homem e tecnologia (considerada antinatural por alguns) vem ganhando força. No entanto, seus defensores argumentam que é a única fórmula possível para que as ditas "inteligências artificiais" jamais superem a inteligência e a capacidade de raciocínio e criação humanas. Seu argumento é que, ao aderir intimamente ao corpo e à mente do homem, a máquina o torna um ser mais inteligente e, ao contrário da inteligência natural e artificial, acaba se diluindo.

A ideia levaria à subordinação de cada comando da máquina ao corpo, inclusive aos pulsos elétricos cerebrais. Caso contrário, haveria o risco de que essas maravilhosas criações se transformassem em "inteligências externas", ou extracorpóreas, e conseguissem controlar o caminho do homem pela vida. Aí sim teríamos um fenômeno verdadeiramente antinatural, argumentam os defensores da chamada "nanotecnologia íntima".

Essa ideia não convenceu muito Huáscar, mas ele nunca lutou contra ela. Sempre temeu ser considerado um retrógrado ou qualificado como despreparado para as mudanças da vida. Contudo, apesar de sua oposição comedida, há um aspecto disso que sempre o impressionou: a incrível economia de energia.

— Imaginem! — dizia Huáscar. — Se a máquina teve seu tamanho reduzido em dez mil vezes, talvez seu consumo energético seja reduzido na mesma proporção. Um consumo de combustível dez mil vezes menor. Seja qual for o tipo de energia utilizado, será uma economia significativa — dizia com satisfação.

Esse motivo, que julgava essencial, incitava Huáscar e todos os habitantes de Mapai a estimularem seus jovens estudantes a se familiarizarem com a nanotecnologia. Os moradores da vila sentem muito orgulho quando ficam sabendo que designers e empresas de tecnologias utilizam o bambu em muitos de seus componentes devido à qualidade de sua fibra vegetal.

Huáscar aceitava tudo isso, mas preferia seu antigo computador da metade do século com uma obsoleta tela holográfica, principalmente quando estudava a situação do mundo, lendo e ouvindo notícias. Muitas vezes, ele sofria com as reportagens feitas nos pontos nevrálgicos do planeta, ou mesmo de fora da Terra. Graças ao seu velho computador, Huáscar ficava a par de tudo o que estava acontecendo (ou deixando de acontecer) no mundo.

Hoje, talvez pela nostalgia provocada pela morte recente de seu ente mais querido, Tania ignora o nanocomputador em forma de anel e trabalha no equipamento obsoleto que pertencera ao pai. Tem uma ótima sensação ao fazer isso. Às vezes até utiliza-o para jogar, pois sabe a senha. Suas pálpebras piscam tão depressa para emitir ordens que o equipamento antigo não compreende o que a jovem deseja.

Mas hoje ela não pretende jogar no computador cujos velhos circuitos parecem ter se esgotado de repente. Senta diante dele com um objetivo definido: ler o livro de seu pai.

Meu pai só escreveu um livro. Deve ser muito fácil encontrá-lo.

Ela tem razão. Basta fazer uma busca por "o livro de Huáscar" no computador para encontrar o extenso arquivo de duzentas páginas, o último grande trabalho de seu pai. Mas antes de abri-lo, obedecendo as instruções de seu operador, o equipamento sugere notícias recentes com o título: "Assuntos do dia que podem lhe interessar."

A adolescente fica entusiasmada. Ficará a par de tudo que interessava ao seu pai. Dá ordens para que o computador abra a página "Assuntos do dia". O equipamento demora apenas frações de segundo para cumprir a ordem.

As imagens vêm acompanhadas de voz. Como de costume, as manchetes abrem caminho para notícias mais detalhadas:

"Cinco mortos ontem à noite em um intenso tiroteio na cidade de Nova York!"

"Desastre no Atlântico! Uma aeronave de última geração cai no mar com quatrocentos passageiros a bordo."

"Conflitos armados entre grupos religiosos do Oriente Médio continuam."

"Terremoto na América Central."

"Greve em estaleiros alemães."

"Marido ciumento apunhala mulher."

"Nave espacial europeia com três tripulantes prestes a se perder no espaço."

"Alerta de tsunami na costa leste de ilhas do Pacífico."

"Relações diplomáticas são rompidas..."

Tania aguenta até aqui. Mexe as pálpebras, dessa vez sem nenhuma vontade de jogar, e dá ordens para que o computador holográfico saia daquela página desastrosa.

— Meu Deus, o mundo está acabando! — pensa, muito preocupada. — Melhor continuar com o livro do papai. Foi para isso que vim.

A primeira página do livro já está aberta no computador.

Ela dá uma olhada para confirmar.

"Sim, esse é o livro de meu pai!"

Tania se tranquiliza e espera alguns segundos até que o computador holográfico se estabilize. Então começa a ler o documento com calma.

— Por que ele não colocou um título?

Ela para depois de ler várias páginas. O cabeçalho de uma das páginas do início do livro chama a sua atenção. Tania lê: "*Bambu, liderança, amor e otimismo.*" Quanta coisa!

Tania se concentra na página. Huáscar discorre sobre as características essenciais que definem não só os líderes, mas todos que lutam por um sonho e pretendem ser bem-sucedidos na vida.

Sabia que em algum momento ele falaria sobre isso, pensa, satisfeita.

A primeira coisa que Huáscar destaca é a necessidade de abraçar uma filosofia, algo para guiar o trabalho e iluminar o caminho. Não se refere a iluminações místicas ou esotéricas, e sim reais, para direcionar e dar um propósito à vida. Que orientem nossos passos na Terra, seja persuasiva e, ao mesmo tempo, ajude a persuadir os outros.

Todos aqui abraçamos a filosofia do bambu!, pensa Tania, convencida. Portanto, cumpro esse requisito.

Diverte-se lendo o que seu pai escreveu sobre a liderança e suas experiências como guia de Mapai. Em uma das linhas, ele define o líder como **"um rio com o brilho do fogo"**.

"Um rio com o brilho do fogo! Na real, não entendi", Tania continua lendo.

Segundo a antropologia moderna, escreve Huáscar, *desde o início do desenvolvimento da humanidade, a transcendental importância de um líder já era importante. Os primatas, a ordem dos mamíferos a qual pertencem os seres humanos, geriam suas vidas sob a orientação de um líder natural: o mais forte e empreendedor do grupo.*

Tania se entusiasma com a leitura. Assim que começa o primeiro parágrafo, esquece os segundos desagradáveis que passou ouvindo as manchetes de notícias.

> Milhares de anos atrás, nomes importantes da filosofia asiática também enalteceram as qualidades imprescindíveis para exercer a liderança, encabeçadas sempre pela prudência. Alguns comparavam um bom líder a um rio: é sossegado e humilde, sempre avançando, decidido a desembocar no mar. Contorna os obstáculos do caminho e traz o bem-estar por onde passa. Diziam que governar como um rio sempre gera bons resultados.

"É verdade! Papai era assim: humilde, sossegado, prudente e decidido... Será que papai era um homem perfeito? Vou perguntar a Yandú e ver o que ela acha." Tania volta a ler as páginas no computador.

> Desde os primatas e da época da antiga filosofia asiática até os dias de hoje, muita água passou por debaixo

da ponte. A realidade mudou drasticamente, mas as características de um bom líder permanecem intactas. Talvez mais do que nunca, valoriza-se sua importância básica na realização de projetos econômicos, políticos ou sociais.

Mencionei a comparação com o rio em respeito à sabedoria asiática e à necessidade que um bom líder tem de brilhar. Mas não é um brilho como o reflexo da luz nas águas que correm, mas um brilho próprio, de uma luz própria. Ser como um rio, mas brilhar como o fogo!

Um ser humano opaco ou determinado a fazer brilhar a luz de outro pode até ser chefe de uma grande empresa e governar uma nação (ou tentar), mas jamais terá o espírito de um guia eficiente e capaz de levar um projeto adiante.

A liderança é exercida de forma natural, nunca impositiva. Para isso, é preciso carisma. É imprescindível que a autoridade interprete o carisma como uma ferramenta a serviço de suas ideias, mas também ao serviço dos demais. O verdadeiro líder se cerca de pessoas competentes porque respeita e aproveita o talento alheio em prol de seus objetivos.

Nunca divide, sempre une, como tentamos fazer em Mapai, apesar das diversas tendências culturais, religiosas e filosóficas de seus habitantes. O verdadeiro líder precisa saber e ter disposição para ouvir e dialogar. A capacidade de liderança é forjada pouco a pouco, e não é de estranhar que aqueles que a possuem muitas vezes não percebam isso. É preciso que outra

> pessoa diga de vez em quando: "Você consegue." Um líder não é imposto de forma arbitrária. Não são necessários documentos probatórios nem diplomas escolares. Sua atitude diante daqueles que orienta dizem mais que qualquer designação formal.
>
> Eu disse à minha filha Tania: "Você é a escolhida. Pode salvar Mapai e a mensagem que ela envia ao mundo." Talvez eu morra antes de ver isso, mas confio nela, embora ainda não tenha percebido sua condição de líder e a dimensão do que simboliza devido à pouca idade.

Tania arregala os olhos, dessa vez não por medo, mas por espanto.

"Ele disse isso até no livro. Meu Deus!"

> Um bom líder é suscetível a mudanças. Apresenta grandes sonhos para provar seu talento e o de todos que colaboram com seus esforços. Tem consciência de que, como disse o grande Aristóteles, quem conquista seus desejos tem mais coragem do que quem conquista seus inimigos. Um bom líder sabe muito bem disso!

Tania se ajeita na cadeira, desvia o olhar do computador e mergulha em seus pensamentos. Analisa cada uma das ideias que acabou de ler no livro do pai. Decide ler a obra inteira com calma e amor. Agora a questão é como implementá-la, como ter o talento e a disposição necessários. Teoricamente, os conceitos são compreensíveis, mas quando precisar enfrentar a vida e tentar colocá-los em prática no mundo real... também será assim ou serão engolidos pela realidade?

Tania está exausta. Yandú contou a ela o que os membros do conselho que dirige a vila pensam. Tania sabe que terá seu apoio. No começo, pensou que poderiam ser os maiores obstáculos. Mas são inteligentes e nobres, e sempre estiveram ao lado de seu pai.

Temia ser ingrata, sobretudo porque sabe de todo o apoio que dedicaram a Huáscar. Esse obstáculo já foi contornado. Ela respira aliviada. O grupo a apoia por pura sensatez: são pessoas experientes. Quando fundaram Mapai, eram vinte anos mais jovens: viviam de acordo com o seu tempo. Mas, vinte anos depois, como o título do belo romance de Alexandre Dumas que seu pai lhe deu uma vez, tudo muda. E depois que entramos na terceira idade, os hábitos tendem a permanecer os mesmos.

Ela escutou muitas vezes seu pai dizer que "depois que entramos na terceira idade, os hábitos tendem a permanecer os mesmos". Ela tem dificuldade para entender o motivo. O fato de que seu pai trabalhava com equipamentos obsoletos são uma prova concreta de que, ao longo dos anos, os hábitos tendem a se arraigar mais do que deviam.

Tania alonga os braços, desliga os equipamentos e decide ir para cama. Nesse instante, contudo, Yandú aparece com uma xícara fumegante nas mãos e uma expressão de preocupação no rosto.

— O que houve, Yandú?

— Kamon foi embora de Mapai — responde sem rodeios.

— Como? Kamon já foi? Por que não me disse nada?

— Não disse nada a ninguém.

— Yandú, por favor, explique melhor. Isso tem alguma coisa a ver com suas viagens a Iquitos? Tem a ver com sua partida?

Yandú percebe que Tania está se alterando. Ela entende. Mais que magoá-la, suas palavras a deixam preocupada. Sabe que os últimos dias foram muito difíceis para ela. Primeiro a morte de Huáscar, depois as contradições na vila, a incompreensão inicial do testamento de seu pai, a responsabilidade que pesa em seus ombros após o pedido dele... E agora a partida de Kamon.

— Acalme-se — pede Yandú com ternura. — Não tenho nada a ver com as viagens de Kamon a Iquitos. Ele não ia comigo. Pelo contrário, eu é que o acompanhava. Aproveitava seu barco, ele me levava de boa vontade. Foi assim... Você está bem?

— Sim, estou bem — responde Tania, mais calma.

— Eu trouxe uma infusão de ervas para você relaxar e dormir bem. Está precisando disso. É a mesma que minha mãe fazia para meu pai quando ele se alterava.

Ela entrega a xícara a Tania.

— Você sabe que Kamon tem uma namorada em Iquitos, e é natural que seja assim. É um homem feito e direito. Se nenhuma mulher na vila despertou o seu interesse, deve procurá-la em Iquitos, Lima, Nova York ou Sidney, em algum lugar. Quando chegávamos a Iquitos, eu tratava dos meus assuntos e ele se encontrava com a namorada.

— Por que ele escondeu isso por tanto tempo?

— Por respeito a seu pai. Disse muitas vezes que partiria, mas sempre acabava ficando. Parecia muito difícil para ele, que estava apaixonado. Além disso, como nos contou, pretende convencê-la a morar em Mapai, mas ainda não conseguiu. Agora que você já sabe de tudo, precisa descansar.

Yandú beija a adolescente e sai outra vez do quarto. Tania bebe a infusão, coloca a xícara vazia sobre a mesinha de cabeceira e se atira na cama...

CAPÍTULO 4

Tania, líder

... De manhã, bem cedo, assim que o dia clareia, Tania caminha até a varanda do palácio de bambu e curte o ar que vem da selva. A praça está vazia. Apenas o aroma das flores trazido pela brisa circula por ali. Mal se passam alguns minutos e, sem que Tania se dê conta do momento exato em que isso acontece, uma enorme pantera, escura como o azeviche, entra na praça. Caminha confiante. Sabe que é uma rainha!

— Por que veio pintada de preto, em forma de pantera, e não amarela, como as onças-pintadas? Embora more na floresta, nunca vi uma onça-pintada.

Alguns habitantes do vilarejo aparecem em suas janelas para assistir ao maravilhoso espetáculo.

— Como será que passou pela zona de segurança? — todos se perguntam.

A pantera é uma ameaçadora onça-pintada sob o efeito do

melanismo. Suas marcas típicas continuam ali, mas ficam escondidas sob a tez escura.*

Uma onça-pintada disfarçada de pantera nos engana direitinho!, pensa Tania.

Os olhos azuis e intensos do animal observam Tania lá no alto, pois a pantera está debaixo do terraço do terceiro andar do palácio de bambu. Tania percebe que vários homens armados com zarabatanas e dardos envenenados, dentre eles Kamon e Khalan, preparam-se para abater o animal.

Por que a onça-pintada cruzou a área de segurança? Está se expondo à morte, pensa a adolescente. Uma criatura tão bela não deve morrer assim!

Tania desce as escadas em uma velocidade atípica; ainda assim, hoje os degraus lhe parecem mais altos do que nunca. Ela chega à porta semidespida... Encara o belo e perigoso felino.

Todos se assustam e preparam suas zarabatanas com dardos untados de curare, mas a pantera começa a mexer seu rabo comprido, também escuro como o azeviche... Caminha até Tania e se atira a seus pés.

O espanto é geral. Todos guardam seus dardos, aproximam-se de Tania e da onça-pintada camuflada, admiram a beleza que a natureza é capaz de criar. A filha de Huáscar senta ao lado do animal e começa a alisar a pelagem de suas costas musculosas. Acaricia-o. Tem o cheiro da floresta, e ninguém se atreve a fazer o mesmo. Faz carinho nas orelhas, e a pantera ronrona em agradecimento como se fosse apenas um lindo gatinho preto.

---

* O melanismo ocorre em alguns animais quando há um aumento significativo de pigmentação, geralmente causada por uma mutação genética. (N.T.)

Dizem que Deus criou o gato para que o homem tivesse o prazer de acariciar um tigre. Mas se o gato é preto, Deus nos dá a oportunidade de acariciar uma pantera com cheiro de floresta. Nada pode ser mais bonito, sobretudo em frente à porta de um palácio cercado de bambu por todos os lados. A brisa da manhã e os carinhos da jovem fazem o animal adormecer.

A mesma brisa matutina e os carinhos de Yandú fazem Tania despertar bem cedo. Chegou o dia que Mapai escolheu para prestar homenagem a Huáscar.

Nos modernos equipamentos de áudio de tamanho imperceptível, mas capazes de emitir um som potente, escutam-se desde cedo melodias gravadas por Huáscar com sua flauta. Tania não demora. Já sentada na cama, estica os braços e mexe a cabeça de um lado para outro para despertar totalmente.

— Quando você me acordou, estava sonhando com uma pantera...

— Com uma pantera?!

— Sim, estava passeando em meio às flores da praça central e veio ao meu encontro.

— O que mais aconteceu? — pergunta interessada.

— Os homens, dentre eles Kamon e Khalan, queriam matá-la com curare, mas eu me agachei, sentei ao seu lado e fiz carinho. Foi como acariciar um gato preto.

Yandú respira aliviada.

— Então você a dominou?

— Não dominei. Ela que me dominou. Era muito bonita, Yandú!

— Mas você passou a mão nela, fez carinho?

— Claro que sim, não ia perder uma oportunidade dessas.

Yandú respira tranquila.

— O que foi, Yandú?

— Para nós, sonhar com uma pantera tem muitos significados.

— Não me diga!

— Por isso eu perguntei tantos detalhes.

— E qual é a conclusão?

— Quando a pantera se esquiva e rosna para você, é preciso tomar muito cuidado, pois os inimigos se aproximam. Mas quando você a domina e a acaricia é um sinal de sucesso diante das adversidades. É um aviso de que tudo correrá bem.

— Sério?

— Tenho certeza.

— O que mais me dá medo é falar em público. Você acha que vou me sair bem?

— Tenho certeza que sim. Hoje você fará isso pela primeira vez, e pode ir confiante. A visão da pantera que aceitou seus carinhos significa que você tem coragem para pôr a mão em um animal desses. Portanto, terá coragem suficiente para tudo que a vida exigir, inclusive falar em público. Levante-se, já estamos atrasadas e precisamos dar uma última olhadinha no que você vai dizer diante de Mapai inteira.

Yandú ensina a Tania como se comportar na hora de falar ao público. Reitera que deve fazer isso com naturalidade e energia, transmitindo segurança.

— Tudo isso revela caráter — diz Yandú. — Você pode ser jovem e alegre e ter caráter. Uma coisa não impede a outra. Mantenha isso em mente.

Fala para ela sobre liderança e a importância do líder não apenas para uma comunidade como Mapai, mas em todas as esferas da vida. Tania percebe que, em determinado momento, mais do que prepará-la para dizer algumas breves palavras em uma simples cerimônia de homenagem a seu pai, Yandú parecia moldá-la para assumir no futuro a função de líder. Assim, ela cumpriria as expectativas de seu pai e se tornaria a guia de Mapai.

Tania fica entusiasmada, disposta a dar o seu melhor. Vislumbra a possibilidade de cumprir os desejos da pessoa que mais amou na vida. É tomada por anseios e pensamentos positivos.

Mas, conforme ficou combinado com o alemão, o japonês e o angolano, Yandú não fala nada relacionado à liderança de Mapai; apenas diz que a cerimônia deve estar à altura da homenagem que a memória de Huáscar exige.

— Você deve demonstrar em todas as ocasiões — disse à adolescente mais de cem vezes — e com absoluta segurança seu total conhecimento e adesão à filosofia do bambu, que motivou seu pai a fundar Mapai com um grupo de entusiastas tão nobres quanto a planta. Ponha isso na cabeça!

Tania e Yandú leem fragmentos do livro de Huáscar. Embelezam o texto conforme seu gosto, pois ler e falar são coisas diferentes.

— Se teorizamos muito ao falar — esclarece Yandú —, a tendência é deixar o público entediado, o que é muito, muito ruim. Sobretudo para quem é ou pretende ser um líder. Você deve ser convincente, mas clara.

A adolescente encara o desafio e toda a preparação intensa de Yandú, que é auxiliada por Khalan. Embora jamais tenha sido uma líder, Yandú teve a oportunidade de compartilhar mais de dez anos de sua vida com Dainan, grande defensor das comunidades aborígenes australianas. Ela o escutou falando muitas vezes, leu suas palestras, revisou seus livros. Yandú aprendia e, às vezes, auxiliava-o. Em algumas ocasiões, chegou até mesmo a assessorá-lo.

Despeja toda a sua experiência em Tania, mas de forma mais suave, digerível, adequada para uma adolescente com vários pré-requisitos para ser uma líder de sucesso, como a curiosidade, a ousadia, a paixão, a inteligência, a humildade e uma filosofia a seguir. E também uma coisa muito importante: plena ciência de seus defeitos. Além de tudo, Tania esbanja simpatia, juventude e amor.

— Quem mais poderia ser o verdadeiro líder de Mapai? — pergunta Yandú orgulhosa, respaldada sempre por Khalan.

Pela análise de Yandú, só falta autoconfiança. Tania conquistará isso com o passar do tempo. O bom é que, na sua idade, essa característica não seja muito intensa, porque pode se transformar em uma autossuficiência incompatível com um líder.

A confiança pode vir de fora. Transmiti-la é responsabilidade das pessoas ao redor, daqueles que acreditam e apoiam um líder. Assim, cedo ou tarde, o líder acaba desenvolvendo dentro de si a força e a crença de que terá sucesso em tudo o que se dispor a fazer. Terá sucesso, mas sempre com bondade, amor, trabalho, paciência, otimismo e perseverança.

Huáscar tinha razão, Tania é um diamante em estado bruto a ser lapidado, pensa Yandú.

Mas não podem correr o risco de deixá-la acreditar que é um ser privilegiado, superior a outros jovens de Mapai. Quando são criados com carinho e afeto, é raro que os jovens não sigam o exemplo de seus pais. Ela pode seguir os passos de Huáscar. Já outros, tão inteligentes quanto ela, e há muitos em Mapai, seguirão o caminho de seus progenitores.

Um líder não é superior a ninguém, muito pelo contrário. A humildade deve ser sua principal virtude — essa é a única forma de se relacionar sem medo nem preconceito com outras pessoas capazes e inteligentes, que tornarão seu caminho para o sucesso mais rápido.

Por isso, quando um verdadeiro líder triunfa, todos ao seu redor triunfam com ele. Nenhum líder é bem-sucedido sozinho. Yandú sabe disso e tem trabalhado para que Tania também veja isso de forma clara... Muito clara.

A hora da cerimônia se aproxima. Tania, Yandú e Khalan se dirigem até a praça vestindo trajes típicos pretos. A atmosfera é triste, mas tranquila, apesar do turbilhão de ideias conflitantes que abala a comunidade. O ponto alto da homenagem serão as palavras de Tania, ainda enlutada pela morte do pai, o possível desmembramento do vilarejo e a fuga de Kamon.

Tania não foi informada de que suas palavras e a imagem que conseguir projetar condicionarão sua eleição para líder do vilarejo de Mapai. Ninguém disse nada, mas ela tem certeza disso. Por mais inteligente que seja, nenhum alemão, africano, japonês ou nativo de qualquer lugar é capaz de enganá-la.

Seu pai confessou no pergaminho que a submetera a uma prova... Essa é uma nova prova, à altura de seu talento e originalidade. A mão de Huáscar está por trás de tudo o que acontece em Mapai. Os grandes líderes são assim: sabem deixar exemplos de procedimentos e atitudes a serem adotados diante da vida. Tania sabe disso e está mais preparada do que Yandú e Khalan imaginam.

Sua análise psicológica adolescente é confirmada quando, caminhando rumo ao palco principal, a garota repara na expressão dos grandes amigos de seu pai, de Yandú, de Khalan e, para sua enorme surpresa, também de Kamon, que chegou discretamente de mãos dadas com uma bela jovem mestiça sul-americana vestindo roupas modernas. São os únicos que não vestem os trajes típicos de Mapai.

Já em suas primeiras palavras, Tania soa convincente. Ela extraiu muitas das ideias do livro inédito de Huáscar, mas prefere começar lendo as notícias que gravou algumas horas antes. O áudio parece soar mais intenso do que nunca.

"*Cinco mortos ontem à noite em um intenso tiroteio na cidade de Nova York!*"

"*Desastre no Atlântico! Uma aeronave de última geração cai no mar com quatrocentos passageiros a bordo.*"

"*Conflitos armados entre grupos religiosos do Oriente Médio continuam.*"

"*Terremoto na América Central.*"

"*Greve em estaleiros alemães.*"

"*Marido ciumento apunhala mulher.*"

Até Yandú se surpreende. Ninguém em Mapai esperava um relato tão breve e dramático da realidade em uma manhã de homenagens a Huáscar. Depois que cessa o murmúrio natural provocado pelas notícias, até então conhecidas apenas por uma ínfima minoria dos habitantes, Tania começa a falar.

— Essa é a grande diferença... Não é preciso maiores explicações. Somos uma comunidade privilegiada que talvez esteja passando pelo momento mais difícil de sua existência, mas tenho certeza de que superaremos esse obstáculo, assim como o bambu enfrenta e vence seus maus momentos. Quando uma árvore é cortada, por mais exuberante e ramificada que seja sua folhagem, por mais fundo que suas raízes estejam enterradas, ela nunca volta a crescer — diz Tania com emoção. — Seu tronco permanece amputado até desaparecer por completo. Não raro, apesar de sua força aparente, o imenso loureiro ou o poderoso carvalho são arrancados até a raiz pela fúria do vento. Contudo, passado um mês depois que brotou, dificilmente o bambu pode ser arrancado da terra. Pode ser cortado diversas vezes, mas nunca demora muito para que seu tronco volte a crescer e se erguer com a pretensão de alçar aos céus, como acontece agora com nossa comunidade. É nisso que reside sua força, a mesma que dedicamos a Mapai durante todos esses anos. Não fomos podados — afirma. — Há brisas de desintegração passando por nós, mas estamos muito longe de sermos varridos do mapa amazônico.

Tania insta os jovens, propõe ideias, fala de amor e da liberdade plena de exercê-lo no vilarejo, de trabalho e felicidade, do grande privilégio que é poder expressar ideias sem medos, da paz, do apego à natureza, das qualidades imateriais do bambu. Relaciona tudo à sua filosofia, a mesma filosofia que seu pai dizia ser silenciosa, mas eficiente. Fala do humanismo por trás da ideia do vilarejo e da necessidade de que seus habitantes sejam flexíveis e tolerantes com os outros, de que sonhem em chegar cada vez mais alto e defendam a coletividade.

— O sucesso do bambu — explica Tania — reside no fato de que não há interferência humana ou tormenta capaz de vencê-lo e arrancá-lo pela raiz. Essa é a sua força, a mesma com a qual impregnamos Mapai e continuaremos impregnando. Como o bambu, não devemos temer o fio cortante que muitas vezes a vida nos mostra. Porque ela também mostra diversas vezes para nós, seres humanos, sua aresta mais afiada. Porém, como o bambu, não devemos sentir medo, mesmo quando encontrarmos barreiras em nosso caminho. A vida nos testa e pode mudar em um piscar de olhos. Às vezes, pode parecer injusta; contudo, cada momento traz uma nova oportunidade. A vida é muito bela e grandiosa! Lamentar ou sentir medo sempre que a vida não sorri para nós significa desperdiçá-la, perder o tempo limitado que ela nos dá e se deixar levar pela mediocridade existencial. Significa caminhar para o fracasso e abrir mão de nossos sonhos. Mapai nunca poderia ter sido erguida sobre o medo e o pesar, assim como, se fosse semeado neles, o bambu não poderia se lançar às alturas após dominar as profundezas escuras. Mapai é pequena, mas seus habitantes sempre estão dispostos a reverenciar a natureza e escapar de um mundo desenvolvido sufocante e embrutecedor. Nosso propósito é demonstrar que o ser humano não depende de grandes riquezas materiais para ser feliz. Essa é uma ideia de meu pai que quero compartilhar com vocês, sobretudo com aqueles que cogitam a possibilidade de partir após sua morte. A felicidade pode surgir das coisas mais simples e cotidianas.

As palavras de Tania provocam no público os mais profundos sentimentos, fazendo o amor brotar de cada morador do vilarejo. Renovam os conceitos que tornaram possível a criação de Mapai e desvendam os segredos da filosofia do bambu. Então, os acordes da pequena flauta soaram mais melodiosos e fortes do que nunca.

Quando um ser humano é capaz de tocar com intensidade os corações de quem o escuta, tem a estirpe de um líder.

Todos se aproximam de Tania depois que ela termina de falar. Parabenizam a garota e oferecem sua colaboração. A imensa maioria propõe que substitua seu pai. O africano, o japonês, o alemão e Yandú se fazem de desentendidos, mas olham para Tania com um sorriso nos lábios. Ela retribui o sorriso em sinal de agradecimento.

Não foi preciso fazer eleições secretas nem estruturar campanhas ou esquemas de publicidade. Mapai segue livre e saudável como o vento e as panteras da Amazônia. Hoje em dia, o bambu cresce ainda mais que de costume.

Em apenas uma semana, após uma breve consulta aos habitantes, Tania foi proclamada guia da comunidade. Recebeu o apoio de todos de forma natural, como cresce o bambu. Foi apoiada principalmente pelos jovens — para alegria dos velhos que um dia se viram obrigados a mover montanhas, capinar terrenos obstruídos, suportar incontáveis picadas de mosquitos e sofrer debaixo de chuvas intensas ao lado de Huáscar para construir a primeira cabana do vilarejo.

Kamon ficou no vilarejo com sua namorada sob uma única condição: Khalan precisava se mudar para outro quarto. Todos acharam seu pedido bastante lógico. Khalan mudou de quarto. Yandú vive com Tania. A babá e a "princesa" permanecem juntas no antigo quarto de Huáscar. Realista como sempre, Yandú já pensa na necessidade de construir seu próprio "casebre", porque a popularidade de Tania (somada à sua beleza) despertará na jovem a qualquer momento o mesmo desejo de Kamon. Além disso, apesar de ser introvertido e não dominar a arte da pesca, Khalan também será flechado pelo amor cedo ou tarde. Uma boa quantidade de jovens do mundo inteiro e de ambos os sexos se interessaram pela vida em Mapai e se mudaram.

Outras crianças nascerão em Mapai e serão ainda mais conscientes do que seus pais. Esse será o grande futuro que o velho Huáscar descreveu nos capítulos finais de seu livro. Levando muito a sério a sua intenção de aproveitar a vida, além de arquiteto, mestre carpinteiro, músico e um pouco filósofo, ele se tornou um escritor de sucesso: seu livro *O segredo do bambu*, título dado por Yandú, vende como nenhum outro na internet.

Algumas pessoas do vilarejo já pensam em criar uma editora que transcenda as mídias eletrônicas e retome a tinta e o papel de fibra vegetal. Mas apenas o livro de Huáscar terá a honra de ser impresso para a posteridade em papel de fibra de bambu.

Tania vive satisfeita. Cumpriu os desejos de seu pai e, em algumas noites, sonha com panteras poderosas e belas, mas simpáticas e ansiosas por afagos e carícias.

Notas

Introdução

1. Robert E. Carter, *Becoming Bamboo: Western and Eastern Explorations of the Meaning of Life* (Quebec, Canadá: McGill- Queen's UP, 1995), p. 13.
2. Antoine de Saint-Exupéry, *El principito* (Santiago, Chile: Pehuén, 1984), p. 79-80.

Capítulo 1

1. Teresa de Calcutá, citada em *El legado de la Madre Teresa de Calcuta*, dirigido por Ann e Jeanette Petrie (documentário em DVD, Petrie Productions, 2004).

Capítulo 2

1. Prólogo de Dalai Lama em Sogyal Rimpoché, *El libro tibetano de la vida y de la muerte* (Barcelona: Urano, 1992), p. 11.
2. Ibid., p. 12.
3. José Martí, citado em Jorge Sergio Battle, *José Martí, aforismos* (Habana: Corcel, Centro de Estudios Martianos, 2004).

Capítulo 3

1. Poema atribuído a Mahatma Gandhi em Arnaldo Pangrazzi, *El duelo* (Bogotá: San Pablo, 2000).
2. José Martí, citado em Battle, *José Martí, aforismos*.
3. Rick Warren, *Liderazgo con propósito* (Miami: Vida, 2008), capítulo 1, edição digital.

Conversa com o autor

1. A vida em Mapai não é idílica demais?

Não, de modo algum. Todos os seus habitantes trabalham e têm a responsabilidade de educar seus filhos e respeitar a natureza e as normas estabelecidas pela comunidade. Não é um grupo de pessoas que fica olhando para o céu à espera de milagres. Além disso, eles têm a responsabilidade de mostrar ao mundo que é possível viver em plena harmonia com a natureza sem abrir mão dos avanços tecnológicos, mas jamais se deixam alienar por eles. É uma vida isolada até certo ponto, mas em conformidade com uma relação harmônica entre o humanismo e o desenvolvimento.

2. Você acha que o bambu é uma planta com nível elevado de perfeição, ou exagera por licença poética?

Não exagero. O bambu tem todas as qualidades enfatizadas na fábula, encontradas na grande mensagem filosófica resumida no texto do pergaminho que Huáscar deixa para sua filha. Desde tempos imemoriais, sobretudo na Ásia, suas virtudes são veneradas e imitadas por aqueles que lutam e acreditam no aperfeiçoamento humano. Claro que também foram construídas armas de bambu com o intuito de aniquilar o inimigo. Como tudo na vida, seu valor é determinado pelo uso que o ser humano faz dessa planta e de suas qualidades. Mas posso garantir que temos feito muito mais coisas boas que ruins com o bambu.

3. **Não há uma contradição entre o propósito de voltar à natureza e à simplicidade, como prega o livro, e o fato de que seus personagens dispõem das últimas novidades tecnológicas?**

Não existe contradição. Que fique bem claro: a intenção do livro não é rechaçar o desenvolvimento técnico-científico alcançado pela humanidade. A essência da mensagem é que jamais devemos nos tornar escravos desse desenvolvimento. Isso é pernicioso e alienante. A moral aqui é: vamos usar a tecnologia que nos é oferecida, mas sem nos empobrecermos. Façamos uso da tecnologia, mas não permitamos que ela faça uso de nós através do vício ou de uma dependência doentia.

4. **Não lhe parece forçada a relação entre uma ameríndia e um aborígene australiano?**

A realidade sempre supera a ficção. Não nego que pensei sobre isso no início, mas a solução apresentada no relato é muito verossímil. Quantos australianos não fazem ou farão parte de organizações internacionais? Tenho certeza de que muitos, e um bom número deles, trabalham ou trabalharão na América. Além disso, a fábula transcorre em uma época de globalização extrema, quando nada está longe de nós e nada é estranho. Portanto, não me parece forçado que uma ameríndia conheça e se apaixone por um aborígene australiano.

5. **No livro, Tania se pergunta em um dado momento se seu pai é perfeito. Era sua intenção que fosse?**

Huáscar não é perfeito. Ninguém é. Simplesmente trabalha duro para realizar um sonho, e por isso consegue triunfar. Foi um líder e, para muitos membros de Mapai, quase um pai. Contudo, às vezes é injusto com seus filhos porque se deixa dominar por suas ideias. Kamon não deseja ficar na comunidade, e Huáscar não oferece apoio, não diz ao filho: "Vá, faça o que quiser de sua vida."

Como pai, ele não o ajuda a realizar seus sonhos de forma independente. Também me parece injusto com Tania; é otimista demais e superestima o fato de ela ter nascido na comunidade. Deixa para ela uma responsabilidade muito grande sem ter total certeza de que a filha conseguiria realizá-la.

6. **O conceito de líder não será outro no final do século XXI? Você não teme que, se o conceito mudar, os possíveis leitores do livro possam considerá-lo pouco visionário no futuro?**

Não me preocupo com isso, pois o conceito permanecerá o mesmo. O que certamente mudará é o pensamento da sociedade. Haverá mais desenvolvimento tecnológico e a humanidade terá outro conjunto de valores; mas alguém com as características de um líder nunca renegará essa realidade ou esse novo conjunto de valores. As características conceituais de um líder são eternas justamente porque se adaptam ao momento e ao coletivo.

7. **Por que avançar no tempo até 2085, se já nos dias de hoje a humanidade precisa de concepções como essas, ainda que pareçam idílicas?**

Você tem razão ao dizer que a humanidade já precisa enfrentar o desenvolvimento com concepções como as que apresento no livro. Na verdade, a cada dia que passa, as pessoas se identificam mais com a natureza e o meio ambiente e com a utilização racional dos avanços científicos e tecnológicos. Hoje em dia, seria uma utopia criar uma comunidade como Mapai no meio da Amazônia com todos os males que a afligem, inclusive a guerra. Não estamos preparados para isso — daí a necessidade de avançar a fábula até 2085.

8. **Você acha que uma jovem de 15 anos, nascida e criada nas circunstâncias escritas no livro, realmente é capaz de interiorizar as características de um verdadeiro líder?**

Com a educação que Tania recebeu, os ensinamentos de seu pai, seu amor pela selva e pelo meio ambiente, e o conhecimento pleno da filosofia de bambu, sim, é possível. É verdade que ela não tem experiência, o que é dito muitas vezes ao longo da história. Daí a necessidade da cooperação de todos os seus apoiadores. Acho que ela pode cultivar as qualidades de um verdadeiro líder e, com a ajuda de todos, amadurecer e exercer uma liderança inclusiva, escutando os outros.

9. **Você acha que a massagem convencional, com bambu ou com as mãos, ainda estará em voga em 2085? Não serão substituídas por máquinas?**

É possível que até lá existam máquinas eficientes que proporcionem massagens com bambu e muitas outras coisas, não duvido disso. Mas jamais alcançarão o nível ou o calor das massagens feitas pelas mãos de uma pessoa — sobretudo quando feita com uma pequena vara de bambu. Posso garantir.

10. Ismael, você estaria disposto a participar de um jantar com os seguintes pratos que vi em uma página na internet, no site de viagens TravelReport:

Entrada — Bolinhos de vespas:

Feitos com arroz e vespas. As vespas são fervidas e secas. Crocantes!

Primeiro prato — Tarântula assada:

Os aracnídeos são assados e, após sete minutos, descascados para a remoção dos pelos e patas. É um prato bastante popular entre os indígenas da Amazônia venezuelana.

Segundo prato — Tacos de larvas de agave:

As larvas, que crescem nas plantas de agave são comidas fritas, acompanhadas de guacamole e tortilhas para ressaltar seu sabor especial.

Sobremesa — Insetos no chocolate:

Podem ser formigas, grilos e gafanhotos. Derrete-se o chocolate amargo em banho-maria com açúcar e um pouco de manteiga. Os insetos são mergulhados em chocolate derretido. São deixados para endurecerem à temperatura ambiente ou no refrigerador.

Lanche entre as refeições — Tempura de escorpião:

É uma refeição rápida. Deixe o escorpião marinar em álcool antes de cozinhá-lo para neutralizar o veneno. Depois, basta defumar. É muito crocante.

Sim. Por que não? Prometo que os degustarei em breve.

Conversa com o leitor

1. **Para você, quem é o personagem principal da história?**
   A. Huáscar
   B. Tania
   C. O bambu
   D. Yandú

2. **Você estaria disposto a comer invertebrados para simbolizar uma maior flexibilidade para encarar a vida? Se a resposta for sim, você comeria quando:**
   A. visitasse a Amazônia
   B. fosse à China
   C. estivesse com muita fome
   D. alguém o convencesse
   E. se convencesse de que não faria mal
   F. Nunca! Porque ____________________

3. **Você aprova o fato de Yandú ter abandonado tudo por um amor? Acha que ela traiu sua tribo? O que faria no lugar dela?**

____

____

____

4. **Você gostaria de viver em uma comunidade como Mapai? Por quê?**

____

____

____

5. **Você considera Mapai um agrupamento de fanáticos radicais? Por quê?**

____

____

____

6. **Que partes da filosofia de vida de Mapai você aplicaria à sua própria família ou comunidade?**

____

____

____

7. **Você considera o isolamento voluntário benéfico para os aborígenes? Por quê?**

____

____

____

8. Você acha justificável o fato de Huáscar decidir criar sua filha em um ambiente isolado da civilização urbana? Acha que ele é justo com Kamon?

____

____

____

9. Por que acha que Huáscar age desse modo? Por carinho e superproteção ou por ser um antissocial radical?

____

____

____

10. Compare-se com o bambu:

A. Você sempre quer subir mais?
B. Concorda que, para chegar ao alto, é preciso antes crescer interiormente como ser humano?
C. Você é flexível e não se deixa arrastar por velhos costumes, dogmas e preconceitos?
D. Você gosta de viver em comunidade ou prefere a solidão?

11. Concorda com quem acredita que o melhor feito da natureza foi dar ao ser humano uma vida curta?

____

____

____

12. Considera antinatural a integração entre tecnologia e o corpo humano para que a inteligência artificial de uma máquina nunca o supere? Justifique sua resposta.

13. Você acha que o boto cor-de-rosa existe mesmo? Por quê?

14. Depois de ler o livro, você acredita que o bambu é um presente divino? Por quê?

15. Qual seria o idioma dos habitantes de Mapai? Será que utilizavam os pequenos aparelhos de tradução, como Huáscar fez na Tailândia?

16. Que aspectos de liderança você ainda precisa reforçar para chegar ao próximo nível de sua vida?

____

____

____

17. Concorda com o pensamento: "Nem todos os caminhos longos conduzem necessariamente a fins virtuosos"?

____

____

____

AGRADECIMENTOS

O segredo de compartilhar e agradecer

TEM UMA COISA QUE continuo estudando a cada passo do caminho: o conceito de sucesso. Ainda tenho muito a explorar enquanto viajo por esse planeta fascinante e tento aprender com os sábios e os antigos, ou com quem estiver ao meu redor, entrelaçado às mesmas efêmeras dimensões do tempo e do espaço.

O que posso dizer é que o sucesso não é estático ou permanente. Pelo contrário, é o trajeto de uma montanha-russa em um parque de diversões, onde as subidas e descidas vêm e vão. No entanto, há muito sucesso no ato de persistir em um propósito, quando praticamos o segredo da arte de compartilhar. Quando somos capazes de compreender que o sucesso não vem através de um desejo egoísta de oca transcendência, mas pelo desejo generoso de fazer parte de um todo com outras pessoas — só assim descobrimos o segredo do verdadeiro sucesso. A lei do sucesso se relaciona com a vida como um todo, e não com o minúsculo fragmento de nossa bússola egoísta e nublada.

Há muitos anos, estamos desenvolvendo com a Cala Enterprises um grupo de reflexão para empoderar nosso público com positividade. Trata-se de oferecer ferramentas, conselhos, depoimentos e fundamentos para promover uma vida plena e com um propósito que transcenda o caráter mundano de nossa existência.

Nos meus livros anteriores, *El poder de escuchar* e *Un buen hijo de p...*, sempre admiti achar que suas páginas contêm apenas conhecimentos universais, palavras coletivas e ensinamentos de vida que, de algum modo, muitas pessoas compartilharam comigo. Aqui, em meu terceiro livro, eu insisto: o grande crédito e a grande glória são de Deus. Não há projeto que não comece com um pedido de proteção e direito do autor divino: "Deus é amor, faça-se o milagre." Nós, seres humanos, temos a ilusão de sermos gênios, mas continuo achando que foi dada a cada um de nós a oportunidade de recuperar essa genialidade que espera por nós. Nem todo mundo é capaz de encontrar a chave para abrir a porta e começar a explorar o que existe além de nossa consciência e nossa imaginação. Alguns são escravizados pela realidade ao seu redor, porque a realidade é muito dependente de nossa imaginação.

Este livro é, como sempre, o resultado de um esforço que liderei junto à minha equipe da Cala Enterprises. Sem eles, você não estaria lendo estas linhas.

Quero agradecer mais uma vez a Bruno Torres Jr., CEO da nossa empresa, por martelar em minha mente diversas vezes a frase: "Ismael, relaxe. Você precisa ser como o bambu: flexível." Bruno, sem essa oração, este livro nunca teria sido possível. Meu verdadeiro talento é brincar em minha cabeça com o que escuto de muitas pessoas. Meu único mérito é investigar frases ou imagens que escondem um manancial infinito de ensinamentos. Obrigado por todo o tempo e energia que você compartilha com nosso projeto empresarial e de vida. Sua energia revigorante contagia todos nós.

Tal como ocorreu com *Un buen hijo de p...*, eu não poderia realizar com sucesso esta obra de ficção em forma de fábula ou leitura com propósito sem a maestria de um mentor, desenvolvedor de ideias, dramaturgo e roteirista como Bruno Torres. Agradeço por seu virtuosismo, que nos permite encontrar em cada novelo de histórias que criamos uma coerência entre o passado, o presente e o incerto futuro da história, situado em 2085. Agradeço pelas inúmeras horas que você dedicou a me ajudar no desenvolvimento da cosmovisão de Mapai. Sua sabedoria e cultura enriquecem as lacunas mentais do meu cérebro atribulado. Sou eternamente grato e feliz por você fazer parte de nossa empresa.

À minha querida Elsa, que verificou com rigor toda a geografia, história, lendas e ditados que aparecem neste livro. Muito obrigado, Elsa. Seu apoio a essa equipe é muito apreciado.

Ao nosso buda, meu querido Michel D. Suárez, nosso chefe de conteúdos e responsável pelos toques finais no manuscrito. Por sua paciência, aperfeiçoamento de estilo e críticas certeiras, quando pertinentes, agradeço sem muita pompa, pois sei que você não gosta de enfeites. Que orgulho poder chamá-lo de amigo há mais de vinte anos!

À minha querida Augusta Silva, gerente geral e produtora-executiva da Cala Enterprises, por seu apoio incansável ao nosso trabalho. Augusta, você é uma luz e um guia para nós.

Obrigado Omar Charcousse, Lilia Pichinini, Tamara Zyman e Franklin Mirabal por fazerem parte de nossa equipe e nos inspirar a continuar crescendo todos os dias e compartilhar nossa visão de vida. Somos uma família.

Um agradecimento especial para Larry Downs, meu estimado e respeitado editor na HarperCollins Español. Larry foi o primeiro editor que consultei por referência da renomada escritora e palestrante Bárbara Palacios, Miss Universo de 1986. Apresentei a ele em um pedaço de papel a ideia para *El poder de sonreír*. Larry leu e disse: "Continue, vamos trabalhar nisso e publicar." O livro acabou se tornando *El poder de escuchar*, lançado por outra editora. Hoje, finalmente retorno a ele com toda a gratidão por ter realizado um sonho: publicar pelas mãos de Larry Downs, a quem jamais esquecerei por ter dado o primeiro "sim" editorial da minha carreira. Larry, obrigado por explorar comigo essa trilha de cooperação que começa com *O segredo do bambu* e, tenho certeza, nos manterá ocupados e entretidos por muitos anos. Se Deus quiser.

Este livro foi impresso no Rio de Janeiro,
pela UmLivro, para a HarperCollins Brasil.
A fonte usada no miolo é Arno Pro, corpo 12/15,3.
O papel do miolo é pólen natural $80g/m^2$, e o da capa é cartão $250g/m^2$.